Nadia Lakhdari

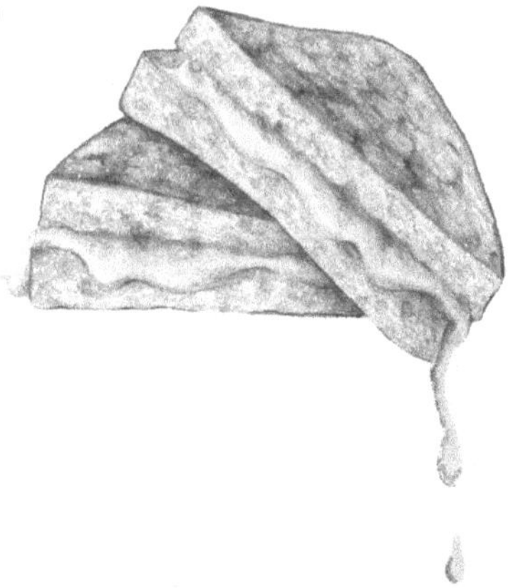

#Colocs

Tome 3

Kennes

À Sheridan

For our past, our present
and everything our future holds.

Éditrice au contenu : Katherine Mossalim
Directrice artistique : Shirley de Susini
Conception de la couverture : Shirley de Susini
Mise en page : Diane Marquette
Correctrices : Corinne de Vailly, Fleur Neesham, Dörte Ufkes
Crédits photos : Shutterstock

Rue de la Blanche Borne 15
6280 Gerpinnes (Loverval) — Belgique
www.kenneseditions.com

Adaptation et lexique : Cassandre Sobieski

Dépôt légal : janvier 2020 — D/2020/13.105/10

ISBN : 978-2-8758-0788-5
NUART : 76-6080-5

Imprimé en Europe

Avant-propos

Bienvenue dans l'appartement des colocs !

Emma, Béatrice et Mia vivent à Montréal, au Québec. Elles parlent donc le québécois. Eh, oui ! Certaines expressions typiques, identifiées par un astérisque, sont expliquées en bas de page lors de leur première utilisation. Par la suite, vous pourrez les retrouver si nécessaire dans le lexique alphabétique à la fin du livre.

Ce qui compte surtout, c'est de savoir que le cégep regroupe les deux années d'école de dix-sept à dix-neuf ans, juste avant l'entrée à l'université.

Pour le reste, les histoires d'amour et d'amitié sont les mêmes des deux côtés de l'Atlantique. Le cœur des filles de dix-sept ans aussi. ☺

Merci de me lire.

Bisous,

Nadia

#1

BÉATRICE: Es-tu presque prête? Faudrait partir dans quinze minutes si on veut pas manquer l'autobus.

EMMA (regardant à terre): Ben... C'est que je me disais que...

BÉATRICE: Que quoi?

EMMA (mal à l'aise): Ben, que... je resterais peut-être en ville, finalement.

Béatrice se croise les bras et dévisage son amie.

BÉATRICE: Emma Beaupré! T'es pas sérieuse?

EMMA: Quoi?

BÉATRICE: Tu me lâches pour ton chum*? Ça fait des mois que je me plie en quatre pour éviter de te faire ça!

EMMA: N'exagère pas!

BÉATRICE: Tu pourras dire ce que tu voudras, avoue que j'ai jamais, jamais annulé des plans avec toi pour voir Sébastien!

EMMA: Non, mais des fois tu refuses de faire des plans avec moi pour le voir...

BÉATRICE: C'est pas du tout la même chose! Ici, on avait prévu de passer le week-end ensemble dans les Cantons-de-l'Est pour ton anniversaire! Mes parents t'attendent! Ma mère t'a préparé un gâteau!

Emma se tortille.

EMMA: Essaie de comprendre, Béa... Ça fait des semaines que je rêve de reprendre avec Théo! Sans cachette, en plus, au grand jour. Et là, enfin... Et tu sais, hier soir, on a à peine eu le

---

* **Chum** – Petit ami, amoureux, copain.

temps de se parler… Je ne suis même pas sûre de ce qu'il pense vraiment.

BÉATRICE: Vous étiez trop occupés à vous *frencher**! Ne t'inquiète pas, je connais ça…

EMMA: Ça deviendra pas une habitude, je te le promets. Tu sais que je serai jamais le genre de fille qui lâche ses amies pour son chum.

BÉATRICE (en soupirant): Je sais. Je trouve quand même ça ironique que ça soit toi qui me fasses le coup. Qu'est-ce que je vais dire à ma mère?

EMMA: Dis-lui que je m'excuse… Dis-lui que je suis malade, peut-être?

BÉATRICE: T'es folle, c'est un plan pour qu'elle pense qu'on a trop bu à ton party** hier soir et qu'elle panique. Je vais lui dire la vérité…

EMMA: La vérité?

BÉATRICE: Je vais lui dire que t'es trop amoureuse de ton nouveau chum et que tu dois absolument le revoir. Elle va peut-être me trouver plus normale après ça. Mais je comptais sur toi pour me distraire du week-end. Je m'ennuie trop de Sébastien, et ça ne me tente pas de passer deux jours de plus à attendre ses textos.

EMMA: Tu pourrais pas inviter quelqu'un d'autre chez tes parents?

BÉATRICE: Quelqu'un d'autre? Je pars dans dix minutes!

EMMA: Essaie, on sait jamais.

---

* ***Frencher*** – Rouler un patin, embrasser (avec la langue).

** **Party** – Fête.

BÉATRICE : J'avoue...

Béatrice tend la main vers son téléphone en réfléchissant. Et si elle essayait... Elle envoie un texto rapide à Noémie.

« Emma reste en ville finalement. As-tu envie de venir à la campagne ? »

Noémie répond presque instantanément.

« Chez toi ? Tellement ! »

« Faut qu'on se dépêche, alors. Le bus part dans 30 minutes. »

« Duh ! On va prendre mon auto ! »

« Duh ! »

Béatrice se retourne vers Emma avec le sourire.

BÉATRICE : OK, c'est réglé. Abandonne-moi avec l'esprit en paix, mon enfant !

EMMA : De quoi tu parles ?

BÉATRICE : Noémie vient avec moi. Et en plus elle va conduire ! Tu sais comment je hais le bus. Ça me donne toujours envie de vomir. Donc je t'absous de tes péchés ! Va en paix, mon enfant.

EMMA : Arrête de jouer le vieux prêtre !

BÉATRICE : Ne me dis pas que tu as déjà oublié tes années de pensionnat ! La chair est faible, mon enfant ! Il faut résister à la tentation !

EMMA (en riant) : N'importe quoi ! Il y a jamais un prêtre ou une sœur qui nous a dit ça ! T'as regardé trop de vieux films, toi !

BÉATRICE: Non, j'ai lu trop de vieux livres. Ça n'avait pas l'air fun dans ce temps-là.

EMMA: En effet.

BÉATRICE: Mais parlant de chair et de tentation, là...

EMMA: Quoi?

BÉATRICE: Fais pas ton innocente! Avec Théo... Allez-vous le faire?

EMMA: Je sais pas... La dernière fois, quand on se fréquentait en secret, c'était comme pas assez officiel pour ça. Mais là...

BÉATRICE (en souriant): Ça veut dire oui, ça!

EMMA: Ça veut dire que je n'en suis pas encore là! Veux-tu bien me laisser apprécier ma lune de miel en paix?

BÉATRICE (en joignant les mains devant elle): Oui, ma sœur.

EMMA (en lui lançant un coussin à la tête): Idiote!

#2

L'appartement est étrangement silencieux quand Mia émerge, vers onze heures. Les portes des chambres de Béatrice et d'Emma sont grandes ouvertes. Normalement, elles font la grasse matinée, elles aussi, le samedi. Mais voilà qu'elles semblent s'être volatilisées. Mia voudrait hausser les épaules, être reconnaissante d'avoir enfin la paix et de pouvoir jouir du silence matinal, mais elle doit s'avouer que, pour une fois, elle aurait aimé être distraite par le babillage incessant de ses deux colocs qui semblent toujours avoir quelque chose à se dire, à toute heure du jour et de la nuit.

Elle a passé une soirée tellement intense, hier soir, avec Guillaume... Jamais elle n'a connu un homme aussi sensible, aussi vulnérable, mais en même temps aussi fort.

Les allégations de Xavier continuent de la préoccuper. Celui-ci prétend que Guillaume a séduit, puis délaissé Jimena, une de ses étudiantes, et qu'il s'apprête à faire la même chose avec elle. Mais elle fait instinctivement confiance à Guillaume; la douleur qu'elle a lue dans ses yeux ne pouvait pas être feinte. Le pauvre est tenu en otage, victime innocente des fantasmes effrénés d'une étudiante qui a le pouvoir de gâcher sa carrière.

Mais Xavier n'est pas du genre à inventer des choses ni à mentir. Mia le connaît passionné et entier. La seule explication qui lui semble possible, c'est que Xavier ait été aveuglé par son amitié de longue date avec Jimena, et qu'il croit sans discernement tout ce qu'elle lui a raconté. C'est probablement ce qui est arrivé.

Si seulement elle pouvait en parler avec quelqu'un pour tenter de démêler l'affaire. Mais Guillaume lui a expressément demandé de garder ça pour elle, ce qu'elle comprend très bien; la dernière chose dont il a besoin, c'est que des rumeurs à son sujet circulent dans le cégep*.

Mia croque sa première bouchée de pain au beurre de cacahuètes quand son téléphone sonne. C'est sa mère. Elle soupire. Elle adore le beurre de cacahuètes chaud, qui fond sur le pain, et elle sait que si elle répond, elle en a pour dix bonnes minutes, minimum. Après quoi son pain sera tout froid, et le beurre de cacahuètes, tout durci. Mais elle sait aussi que si elle ne répond pas, sa mère continuera de l'appeler et la bombardera de questions. « Pourquoi tu réponds pas à ton téléphone ? » « T'étais où ? » « Avec qui ? »

Elle n'a certainement pas envie de se taper cet interrogatoire ce matin et choisit donc le moindre mal. Elle mangera des tartines grillées froides.

MIA : Allo, maman.

SA MÈRE : Ça va, ma puce ? T'as l'air fatiguée.

MIA : Je viens de me réveiller. D'ailleurs, j'allais manger, là, et…

SA MÈRE : Oh, je te connais, toi, avec tes tartines grillées chaudes ! Ne t'inquiète pas, je te garderai pas au téléphone longtemps.

---

* **Cégep** – Voir lexique page 403.

Mia soupire, sachant très bien qu'il n'en sera rien. Elle pourrait essayer de prendre une bouchée, et de mâcher pendant que sa mère parle ?

Pour que son plan fonctionne, il faut qu'elle la lance sur un sujet dont elle sait qu'elle parlera longtemps.

MIA : Comment va grand-maman ?

Et voilà sa mère partie, à lui raconter en détail les déboires de sa grand-mère à la maison de retraite où elle habite, ses nouvelles amitiés, et même l'historiette d'amour qu'elle lui soupçonne avec Réjean, un autre résident.

Mia réussit à avaler presque une tranche de pain au complet avant que sa mère termine. C'est déjà ça de gagné.

SA MÈRE : Mais toi, ma puce, comment ça va ?

MIA : Ça va bien.

SA MÈRE : Tes études ?

MIA : Ça va bien.

SA MÈRE : Et…

Ça y est, se dit Mia.

SA MÈRE : Quand est-ce que tu viens nous voir ?

MIA : Je sais pas. J'ai beaucoup de travail, des examens presque chaque semaine…

SA MÈRE : Mais tu pourrais venir étudier ici ! Je te ferais des bons petits plats, je ferais tes lessives !

MIA : Je suis capable de faire mes lessives toute seule. J'ai dix-sept ans, pas sept.

SA MÈRE : Écoute, Mia, je t'ai laissée tranquille les premières semaines parce que je savais que t'avais besoin d'air. Mais là, il faut pas exagérer. Tu me manques !

MIA : Tu peux venir me voir à Montréal.

SA MÈRE : Oui, je vais venir te voir si c'est ça qu'il faut, mais ça pourra pas durer éternellement. Faudra bien que tu reviennes à la maison un jour.

MIA : Je sais, mais…

SA MÈRE : Ton père me dit qu'il a essayé de t'appeler ?

MIA : Il peut essayer tant qu'il veut.

SA MÈRE : Je sais que t'as été blessée, ma puce, mais il va falloir que tu t'en remettes un jour. C'est ton père !

MIA : Légalement, oui. Mais c'est tout.

#3

Emma est assise contre Théo dans le grand sofa du sous-sol. Elle appuie sa tête dans le cou de son nouveau chum.

EMMA (en prenant la main de Théo): Tu sais quoi? J'étais un peu nerveuse en arrivant chez toi, tout à l'heure.

THÉO: Nerveuse? Pourquoi?

EMMA: Ben, je ne sais pas... Notre histoire a été tellement compliquée. J'avais peur que t'aies changé d'avis.

THÉO: Changer d'avis? Je vais te montrer, moi, si je change d'avis!

Il se penche vers elle et l'embrasse profondément, tout en lui chatouillant légèrement les côtes. Après quelques instants, Emma n'en peut plus.

EMMA (en riant): Arrête! Arrête! Je suis trop chatouilleuse!

Théo la lâche instantanément et s'éloigne à l'autre bout du fauteuil en se croisant les bras.

EMMA: Qu'est-ce que tu fais?

THÉO (pince-sans-rire): T'as retiré ton consentement. Je ne plaisante pas avec ça.

EMMA: C'est vrai que le consentement aux chatouilles, c'est très important.

THÉO: Moi, je vais te le dire tout de suite, je consens à ce que tu me touches de toutes les façons que tu jugeras appropriées.

EMMA : Et moi, je consens à ce que tu reviennes de ce côté-ci du sofa et que tu recommences à m'embrasser. Idéalement le plus rapidement possible.

C'est en souriant que Théo la serre de nouveau contre lui. Il place sa main sur sa nuque et approche son visage du sien. Il commence par effleurer doucement ses lèvres, comme dans un soupir. Il embrasse son visage, lentement, sur la commissure des lèvres, sur les joues, sur le front. Puis, il redescend lentement vers sa bouche et appuie enfin ses lèvres sur les siennes.

Emma se demande comment c'est possible que tous les autres garçons de la terre embrassent aussi mal. Théo a-t-il suivi des cours privés ? Elle sourit en l'imaginant concentré devant un schéma du baiser parfait. Lui sourit de la sentir sourire sous ses lèvres et il la serre encore plus fort dans ses bras.

#4

NOÉMIE : Ils sont à SoHo. Tu as vu ? Astrid a posté une photo d'eux à la boutique Prada.

BÉATRICE (saisissant son téléphone) : Ark ! Et nous, on fait rien, dans un trou perdu en plein milieu de nulle part.

NOÉMIE : Arrête ! On est dans une retraite idyllique à la campagne. Il manquerait juste un massage pour qu'on soit dans un spa.

BÉATRICE : Peut-être, mais je sais où je préférerais être si j'avais le choix.

NOÉMIE : J'avoue ! J'essayais d'être positive.

BÉATRICE : La seule chose positive dans tout ça, c'est qu'ils reviennent demain. Enfin ! Je me suis jamais autant ennuyée de ma vie.

NOÉMIE : Même pas cet été quand Sébastien était en France ?

BÉATRICE : Ben… C'était différent. Avant son voyage, on n'avait pas l'habitude de se voir souvent. J'étais encore pensionnaire. Là, depuis la rentrée, on est ensemble tous les jours ! Alors c'est normal qu'il me manque plus. J'ai l'impression de mal respirer quand il n'est pas là.

NOÉMIE (faisant défiler son fil Instagram) : Et la photo qu'il a mise, là, avec la fille du théâtre… Ça t'a pas dérangée ?

BÉATRICE : Florence ? Pas du tout ! Elle est super gentille. Et c'est moi qui les ai encouragés à répéter ensemble ! Tu vas voir, Sébastien c'est vraiment un comédien talentueux. J'ai l'impression que je vais jamais arrêter de découvrir des nouvelles choses que j'aime chez lui…

NOÉMIE (en riant): Allo, Béatrice, allo ! Reviens sur terre ! T'as les yeux dans la graisse de bines* encore !

BÉATRICE (en riant aussi): Ark, quelle expression dégueu ! Mais parlant de bines**, les petits-déjeuners de mon père sont légendaires. On descend ?

NOÉMIE (inquiète): Penses-tu qu'il y aura des fruits aussi ? D'habitude je mange des repas sans gras le matin.

BÉATRICE: Il y aura certainement du pamplemousse, mais… Une fois que tu vas sentir son omelette aux champignons, tu vas te laisser tenter !

NOÉMIE (hésitante): Ouais… Je pourrais prendre un petit-déjeuner protéiné et manger sans gras ce midi. Penses-tu qu'il y aura de la salade ?

BÉATRICE: Je sais pas mais ça va être bon, c'est sûr ! Et avec mon père, c'est toujours super santé. Il prépare tous ses ingrédients maison. Même la mayonnaise et le houmous, il les fait lui-même.

NOÉMIE: J'en doute pas, c'est juste que j'ai un plan de nutrition qui marche vraiment bien. Je me sens en forme, j'ai pas de mal de tête, pas de problèmes digestifs… Ça fonctionne vraiment bien pour moi.

BÉATRICE: Ne t'inquiète pas ! Après le petit-déjeuner, est-ce qu'on va faire une randonnée à cheval ?

NOÉMIE: J'aimerais bien, mais je n'en ai jamais fait.

---

* **Avoir les yeux dans la graisse de bines** – Être dans la lune.
** **Bines** – Haricots au lard, fèves au lard.

BÉATRICE : Tu monteras Astro. C'est un gros nounours ultra tranquille.

NOÉMIE : OK... Si tu promets de m'aider.

BÉATRICE: Ben oui ! Je parie que tu vas réussir à trotter avant la fin de la matinée.

NOÉMIE : Cool ! Ça, tu vois, c'est une chose excitante qui ne me serait pas arrivée si on était allées à New York !

BÉATRICE (en riant): C'est sûr ! Pourquoi aller se pavaner sur la 5e avenue quand on peut ramasser du fumier ?

NOÉMIE: Ark ! Là t'as vraiment tué le romantisme de ma première balade à cheval à vie.

BÉATRICE: Je prendrai des photos de toi sur Astro. Avec les couleurs d'automne, ça va être super beau.

NOÉMIE : Ouais, j'avoue que c'est l'avantage des mauvaises odeurs : on les sent pas sur Instagram !

Les deux amies descendent l'escalier en riant.

#5

Après un long week-end qui a semblé durer deux minutes à Emma et deux cents ans à Béatrice, les colocs sont de nouveau réunies, occupées comme à leur habitude à préparer le café matinal avant de se rendre au cégep. Tout en versant du lait chaud dans sa tasse, Béatrice chuchote quelque chose à l'oreille de Mia. Celle-ci éclate de rire.

EMMA: Quoi ? Qu'est-ce qu'il y a ?

BÉATRICE (en riant): Rien, rien.

EMMA: Voyons, vous êtes pliées de rire ! C'est quoi ?

MIA: Rien. Juste toi.

EMMA: Comment, juste moi ?

BÉATRICE: Toi et tes yeux dans la graisse de bines ! C'est Noémie qui me l'a sortie, celle-là. Elle est pas mal, hein ?

MIA: Disons que Noémie et la graisse, ça fait deux.

EMMA: Je comprends absolument pas de quoi vous parlez.

BÉATRICE: On parle de toi qui chantonnes en regardant dans le vide, avec un sourire stupide sur le visage !

EMMA: Je chantonnais pas du tout !

MIA: Tu chantais. Faux, en plus.

EMMA: Ben voyons !

BÉATRICE: Ne la taquine pas, Mia. Faut qu'on soit compréhensives. Notre petite Emma est amoureuse !

MIA (saisissant la balle au bond): Oui ! Et elle découvrira bientôt les choses de la vie !

EMMA: Ha, ha. Je connais les choses de la vie au moins aussi bien que toi.

MIA : Permets-moi d'en douter.

Elle lui tire la langue, narquoise.

BÉATRICE : Pour de vrai, Emma, on est contentes pour toi ! Mais le changement est si radical qu'on a bien le droit de te charrier un peu.

EMMA : J'ai pas changé !

BÉATRICE : C'est ça ! T'es toujours dans la lune, ou rivée à ton écran en train de texter, ou tu chantonnes, ou tu regardes dans le vide avec un gros sourire. Tu nous parles presque plus !

EMMA : Exagère pas !

BÉATRICE : On parlait de quoi, là, Mia et moi, avant que tu remarques qu'on riait ?

EMMA : Je sais pas... Vous parliez de moi ?

MIA : Tout n'est pas à propos de toi, tu sais.

BÉATRICE : On parlait de Mia qui a vomi ce matin.

EMMA : Vomi ? T'es malade ?

BÉATRICE : Moi, je pense que non. Je pense que c'est parce qu'elle est nerveuse pour son débat de ce midi.

EMMA : Nerveuse ? Me semble que ça fait des semaines que tu te prépares.

MIA: J'ai préparé mon contenu, oui. Mais je viens de me souvenir, genre ce matin, que je déteste parler en public.

EMMA : Oups.

MIA : Ouais.

EMMA : Mais t'as toujours l'air tellement sûre de toi !

MIA : C'est une façade. Très efficace, hein ?

EMMA : Tu terroriserais Attila le Hun.

MIA : Pas en tremblant devant un micro, ça, c'est sûr.

BÉATRICE : T'as juste à imaginer l'auditoire tout nu. C'est pas ça, le truc ?

MIA : Je vais être trop occupée à essayer de me souvenir de respirer pour avoir le temps d'imaginer les gens nus.

EMMA : Il en dit quoi, ton prof, là ?

MIA : Mon prof?

EMMA : Le prof d'histoire de Béa. Celui qui t'aidait à te préparer. Il t'a pas donné des trucs pour parler en public ?

MIA : Ben, non.

BÉATRICE : Pourquoi tu rougis ?

MIA : Je rougis pas.

EMMA : T'es comme Blanche-Neige. La peau toute blanche, les cheveux tous noirs, avec deux grosses taches rouges sur les joues.

MIA : Allez-vous me lâcher ? Je suis déjà assez sur les nerfs comme ça.

BÉATRICE : OK, mais c'est louche, ton affaire. On y reviendra.

MIA : Il n'y a rien de louche du tout. Vous vous inventez des histoires. (En regardant l'heure) Bon, à plus !

Elle s'empare d'une pomme et sort de la cuisine.

EMMA : Faut que j'y aille, moi aussi.

BÉATRICE : Ton amoureux t'attend ? Tu t'ennuies trop de lui ?

EMMA: Ne me fais pas croire que tu vas pas te précipiter au cégep à 8 h 30 toi aussi !

BÉATRICE : Non…

EMMA : Menteuse !

BÉATRICE : Parce que Sébastien commence juste à 10 h et il veut dormir après être rentré tard en bus hier soir !

EMMA : Ha ! T'es aussi grave que moi, tu sais.

BÉATRICE : Probablement pire…

#6

Béatrice flotte dans les airs en se présentant au cégep. Sébastien est enfin revenu ! Ces quatre jours lui ont paru durer une éternité. Surtout qu'il n'était pas juste séparé d'elle; en plus il était à New York, avec tous leurs amis ! Elle sait qu'ils ont dû vivre plein de choses ensemble et qu'elle sera à jamais exclue des nombreuses blagues qui ne manqueront pas d'émaner de ce voyage de groupe.

Une affaire de plus, se dit Béatrice qui se sent perpétuellement en rattrapage avec la gang* de son chum.

Mais l'important, c'est qu'il est là, qu'elle va le voir, l'embrasser, être dans ses bras ! Elle ne s'est jamais sentie en symbiose aussi totale avec quelqu'un. Elle a l'impression que Sébastien est son autre moitié. Pas qu'elle se sente vide sans lui, mais… elle se sent mieux avec lui. Plus belle, plus forte, plus entière.

Elle le trouve dans la grande salle, sur leur banc, et s'empresse de lui sauter au cou. Il l'accueille en riant et la serre très fort dans ses bras. Elle respire son odeur à pleins poumons.

BÉATRICE : Je suis tellement contente qu'on soit enfin mardi !

SÉBASTIEN : Moi, j'aurais bien pris une journée de plus pour dormir avant de revenir au cégep.

BÉATRICE : Tant qu'on aurait dormi ensemble ! Sinon, j'aime mieux être ici avec toi qu'en congé sans toi.

SÉBASTIEN (en la prenant par le cou) : Viens ici, mon oiseau.

---

* **Gang** – Bande.

Astrid et Justine se joignent à eux pendant qu'ils s'embrassent.

ASTRID: Mine de rien, ça a fait du bien, un congé de *frenchage* pendant quelques jours.

Béatrice s'éloigne de Sébastien, gênée.

SÉBASTIEN: Pff! T'es juste jalouse.

ASTRID: De toi? C'est pas pour te faire de la peine, mon coco, mais t'es pas trop mon genre. Je préfère les hommes aux petits garçons.

SÉBASTIEN: Et préférablement les hommes multimillionnaires avec un palet à la place du cerveau, c'est ça?

JUSTINE: Ha! Là, c'est toi qui es jaloux. T'avais l'air de vouloir leur demander un autographe!

BÉATRICE: De quoi vous parlez?

JUSTINE: Quand on est sortis à New York, samedi soir, Astrid a réussi à nous faire entrer dans la section VIP du bar, et il y avait des joueurs de hockey du Canadien!

SÉBASTIEN: Ils venaient de mettre une sacrée raclée aux Rangers.

BÉATRICE: Vous leur avez parlé?

ASTRID (avec un sourire mystérieux): Si tu veux appeler ça comme ça...

Justine lui fait un *high five* en riant.

BÉATRICE: Je ne comprends pas...

JUSTINE: Mais tu ne peux le dire à personne, OK? On a tous juré que ce qui arrive à New York reste à New York.

Ça, Béatrice n'est pas sûre d'aimer ça. Et si Sébastien avait fait lui aussi des choses qui doivent rester à New York ?

BÉATRICE : Euh, OK, je ne dirai rien à personne.

Justine s'approche d'elle et se penche à son oreille.

JUSTINE (en chuchotant) : Astrid a dragué Luke Brandon. Et Justin Métivier a pris mon numéro. On va les revoir à Montréal cette semaine !

Elle saute sur place comme une enfant.

BÉATRICE : Ils sont pas vieux, ces gars-là ?

JUSTINE : Ben non. Justin est une recrue. Et Luke doit pas avoir plus de 23 ou 24 ans.

BÉATRICE : Wow.

Elle ne sait pas trop quoi dire. Elle sait que la plupart des joueurs de hockey sont loin d'être des enfants de chœur, mais si c'est ce que ses amies désirent... Elle remercie le ciel encore une fois d'avoir Sébastien dans sa vie et de ne pas courir le risque d'être mêlée à ce genre d'histoires un peu louches.

ASTRID (se tournant vers Justine) : Ah, et je t'ai pas dit, Harricana a accepté de participer au défilé.

BÉATRICE (surprise) : Hein ? Pour quel tableau ?

JUSTINE : Le tableau sur la fourrure recyclée et l'héritage autochtone.

BÉATRICE : Depuis quand il y en a un là-dessus ? Je pensais que vous alliez reprendre nos idées, à Emma et à moi ?

ASTRID : Oh, on a pas mal tout changé pendant qu'on était à New York. Tes idées étaient bonnes, mais on a vu des choses tellement inspirantes, là-bas. C'est une des capitales de la mode, tu sais. Et la fourrure recyclée, c'est vraiment tendance en ce moment.

BÉATRICE : Mais… et Noémie ? Elle fait partie du comité, non ? L'avez-vous consultée ?

Béatrice sait très bien que non, puisqu'elle était avec Noémie toute le week-end et que celle-ci lui en aurait sûrement parlé.

ASTRID (le ton vague) : Ah, on lui en parlera à la prochaine réunion.

SÉBASTIEN (en embrassant rapidement Béatrice) : Faut que je me sauve, moi. J'ai un cours de maths.

BÉATRICE : Attends, chéri, est-ce que tu viens chez moi ce soir ?

SÉBASTIEN : J'ai une répétition de théâtre avec Florence. On veut peaufiner notre texte avant de le jouer devant Benoit demain.

BÉATRICE (déçue) : Ah… Voulez-vous venir répéter chez moi ? Ça va être tranquille.

SÉBASTIEN : T'es sympa, mais on fait ça chez Florence. Sa mère est censée cuisiner un plat martiniquais. On se voit ce midi ?

BÉATRICE : OK, mon amour. À tout à l'heure ! Je t'aime !

Mais Sébastien est déjà parti.

ASTRID (se tournant vers Justine) : Je te prends après l'école et on va chez moi travailler sur le défilé ? Je veux commencer à dessiner des idées.

JUSTINE : Oui, parfait.

BÉATRICE : Avez-vous encore besoin de mon aide ? Je suis libre après l'école.

ASTRID : Non, ça va... On a vraiment changé de direction.

BÉATRICE : Je pourrais quand même vous donner mon point de vue...

ASTRID : Je préfère ne pas mélanger les choses. De toute façon, j'avais compris que tu voulais pas trop nous aider à cause de ton amie que tu ne voulais pas blesser, non ? Alors tout est bien qui finit bien.

Tout est bien qui finit bien...

Béatrice n'est pas sûre de voir les choses de cette façon. Elle s'est jointe à la troupe de théâtre justement pour passer plus de temps avec Sébastien, mais voilà qu'ils en passeront moins. Elle était réticente à l'idée d'aider Astrid à développer les idées que celle-ci avait piquées à Emma, oui, mais de là à se faire exclure de toutes les discussions de groupe à ce sujet... discussions qui, elle le devine, deviendront de plus en plus nombreuses au fur et à mesure que le défilé approchera.

Béatrice a l'impression tout à coup que le sol se dérobe sous ses pieds. Elle n'est plus sûre de sa place parmi ses amies, son chum est trop occupé pour la voir... Elle doit faire quelque chose pour rectifier la situation. Et vite.

#7

En s'avançant vers l'estrade, Mia se demande quelle mouche l'a piquée de se présenter en politique étudiante. Elle est convaincue de sa plateforme, oui, mais elle aurait pu s'en tenir à ses pétitions et à son *lobbying* discret. Ce n'est pas dans sa nature de se mettre à l'avant devant tout le monde et de supplier qu'on vote pour elle. Elle se souvient vaguement, loin dans le fond de sa tête, qu'elle a choisi d'opérer le changement de l'intérieur plutôt que de toujours combattre les décisions des autres, mais cette belle logique lui semble peu pertinente alors qu'elle sue dans son pull en laine à la simple idée de prendre la parole devant les étudiants rassemblés.

Heureusement, ils sont assez peu nombreux. Si les élections étudiantes ont un taux de participation décent, ceux et celles qui décident de sacrifier une heure de lunch ensoleillée pour aller entendre des discours dans un gymnase sont quand même rares.

Jimena arrive, l'air totalement à son aise. Elle porte un chemisier de soie rouge qui laisserait pourtant paraître la moindre trace de transpiration.

JIMENA (s'adressant à Mia): T'es prête?

MIA: Oui. À part que je vais peut-être encore vomir.

JIMENA: T'es malade?

MIA: Je déteste parler en public.

JIMENA: Mouais... La politique est peut-être pas pour toi, alors. La moitié du job, c'est de parler en public!

MIA: Je commence à m'en rendre compte!

XAVIER (qui se joint à elles et a capté la fin de leur échange) : Ben non, l'important c'est la qualité de tes idées et ta gouvernance ! T'es capable de passer à travers quelques minutes inconfortables pour une année au pouvoir, non ?

MIA : J'avoue, dit comme ça.

Mia regarde autour d'elle. Elle n'a pas encore vu Guillaume. Pourtant, il lui avait promis d'être là. Elle n'ose pas demander à Xavier et Jimena s'ils savent où le professeur se trouve. Elle n'a pas reparlé de lui avec Xavier, mais elle sait que ce dernier désapprouve leur amitié et y voit le début de quelque chose de plus trouble. Quant à Jimena, son obsession envers Guillaume est de toute évidence malsaine et il ne sert à rien de l'alimenter.

L'animatrice du débat, une étudiante de deuxième année, s'avance vers le micro et souhaite la bienvenue à tous. Puis, sans tourner autour du pot, elle invite les candidats à se présenter. Chacun dispose de trois minutes pour évoquer les aspects principaux de sa candidature.

Le premier étudiant à s'exprimer se nomme Marco.

XAVIER (chuchotant à l'oreille de Mia) : Il s'appelle pas du tout Marco. Son nom, c'est Marc-Olivier, mais il trouve ça plus cool. Tellement nul.

Marco présente ses projets, qui se résument à un mot : party. Party de Noël, party de la Saint-Valentin, party d'Halloween, party de fin d'année. Mia trouve son discours complètement creux, mais il récolte néanmoins des applaudissements fournis.

Xavier, qui passe en deuxième, détonne complètement. Son approche est très politique, promouvant une association étudiante engagée dans les grandes questions sociétales de l'heure, allant de la hausse du salaire minimum à la laïcité et à l'indépendance du Québec. Le contraste ne peut pas être plus grand avec la position de Marco. Mia et Jimena applaudissent fort quand Xavier termine, mais elles sont presque les seules.

Mia fait un petit sourire mal à l'aise à Xavier lorsqu'il reprend sa place près d'elle.

XAVIER (en lui chuchotant à l'oreille): C'est pas trop grave. Le monde qui est ici aujourd'hui, c'est juste un petit pourcentage de ceux qui votent.

MIA (en chuchotant aussi): À quoi ça sert de se fendre en quatre pour participer au débat, alors?

C'est au tour de Jimena. Celle-ci est posée, articulée. Elle présente ses idées de façon claire et convaincante. Lorsqu'elle termine, les applaudissements sont sincères.

La quatrième étudiante, une dénommée Sophie, veut plus de projets artistiques d'envergure au cégep. Le cinquième, Victor, prône davantage d'événements sportifs de haut niveau. Les sixième, septième et huitième semblent être des émules de Marco et proposent une surenchère de partys et de voyages de groupe.

C'est enfin le tour de Mia. Elle tremble en s'avançant. Au moment de prendre la parole, elle est très surprise d'apercevoir, dans le fond de la salle, Emma qui lui fait un signe d'encouragement. Puis, encore plus loin, elle voit le visage de Guillaume, qui se tient dans l'embrasure de la porte.

De savoir qu'elle a leur soutien, inattendu dans le cas d'Emma et inespéré dans celui de Guillaume, lui donne du courage. Elle prend une profonde inspiration et commence son texte, qu'elle sait par cœur, tout en ne quittant pas Guillaume des yeux. Elle ne s'adresse qu'à lui et ne cherche à convaincre que lui. Si elle réussit à lui prouver qu'il n'a pas eu tort de croire en elle, le résultat des élections lui importera peu.

Elle termine sur une note forte, utilisant la conclusion qu'ils avaient écrite ensemble, et rougit de plaisir quand Guillaume lui sourit et lève un pouce discret dans sa direction avant de disparaître.

Les étudiants applaudissent poliment et Mia reprend sa place à côté de Xavier et de Jimena.

L'animatrice regarde sa montre et décrète qu'en raison d'un léger retard, la portion débat ne durera que dix minutes. Mia est déçue. C'est quoi, cette simagrée de démocratie ? Elle lève tout de suite la main, prête à attaquer les gars de party, mais la parole est d'abord cédée à Victor.

VICTOR : Je voudrais poser la première question à Mia. Les décisions par rapport aux politiques environnementales du cégep sont prises par la direction. En quoi c'est pertinent que l'association étudiante s'en mêle ?

Mia se lève d'un bond.

MIA: Toutes les décisions environnementales nous touchent. D'abord dans l'immédiat, par exemple avec l'utilisation de produits toxiques pour faire le ménage de nos locaux. Mais ensuite, à plus long terme, parce que nous sommes la génération qui aura à vivre le plus longtemps avec les décisions prises maintenant. C'est notre responsabilité de nous exprimer là-dessus.

Elle se rassoit, satisfaite de sa réponse. Elle se sent mieux maintenant qu'elle peut débattre de ses idées. Elle a l'impression de s'adresser à une personne à la fois, ce qui est moins intimidant que de parler devant un grand groupe.

Au tour de Marco de lever la main. L'animatrice lui tend le micro.

MARCO: Ma question va à Xavier. Il n'y avait pas un seul enjeu concernant les étudiants dans ta présentation. Veux-tu bien me dire pourquoi tu veux être dans le conseil étudiant? Va faire de la politique provinciale, ne nous emmerde pas avec tes affaires ici !

Certains applaudissent et rient, mais l'animatrice réclame le silence. Elle rappelle aux candidats que seuls les propos respectueux seront tolérés. Puis, elle laisse Xavier répondre.

XAVIER: L'ensemble de l'exercice démocratique nous concerne. Une prise de parole engagée, c'est vital.

Une voix étouffée parvient de l'auditoire: «Ça veut rien dire ! »

Mia doit s'avouer que les explications de Xavier ne sont pas très claires. Il n'a rien proposé de concret et continue de s'empêtrer en répondant longuement à Marco. Quand il termine, on sent l'auditoire pousser un soupir de soulagement.

Le sixième candidat, un dénommé Henri, prend la parole.

HENRI : Moi, je voulais juste dire que je trouve les idées de Marco géniales, et que j'espère que vous allez voter pour lui. Et pour moi aussi, là ! Party !

Il se rassoit sous les rires et les applaudissements.

L'animatrice annonce qu'il ne reste plus de temps. Mia est scandalisée. Personne n'aura donc questionné ces imbéciles qui ne promettent rien d'autre qu'un party en continu ? Elle lève la main bien haut, tentant d'attirer l'attention de l'animatrice, mais rien n'y fait. Après un rappel du lieu et de la date du vote, la salle se vide et Mia reste seule avec sa colère.

Dans le corridor, elle trouve Xavier et Jimena en grand conciliabule.

MIA (s'avançant vers eux): C'était bien inutile cette affaire-là !

JIMENA : Complètement retardé.

XAVIER : Et trois filles sur neuf, c'est pas beaucoup. Pour la parité, on pourra repasser.

MIA: En tout cas, j'espère que je serai pas élue sans vous deux, parce que ça me tenterait vraiment pas de travailler avec des tarés pareils. Il y a juste Sophie qui avait l'air pas si mal, celle qui voulait plus de projets artistiques.

XAVIER : Bah, elle était moins bête que les autres, mais aussi vide.

JIMENA : Une gang d'imbéciles.

MIA : Il n'y avait pas grand monde. Tu penses vraiment que ça n'influencera pas trop le résultat du vote ?

JIMENA : C'est vrai qu'il n'y avait pas beaucoup de monde. Même… plein de gens qui devaient venir ne sont pas venus.

XAVIER : Tu sais qu'il joue au même jeu avec Mia, hein ?

MIA : De quoi tu parles ?

JIMENA : Ouais, Xavier, de quoi tu parles ?

XAVIER : Vaut mieux qu'on se dise tout entre nous. C'est le silence qui lui donne du pouvoir.

JIMENA : Mêle-toi de tes affaires.

XAVIER : Jimena, je sais que ça te fait de la peine, mais c'est pas en ignorant la réalité que ça va aller mieux.

Mia commence à deviner de quoi il retourne.

MIA : Tu sais quoi, je suis d'accord avec Jimena. Xavier, mêle-toi de tes affaires. Il n'a rien fait de mal, il ne mérite pas que tu lances des rumeurs sur son dos.

JIMENA (s'adressant à Mia) : Et toi, ne commence pas à t'inventer une histoire avec, OK ?

MIA : Qu'est-ce que tu veux dire ? Quelle histoire ?

JIMENA : Garde tes distances, c'est tout.

MIA : C'est toi qui devrais garder tes distances. Le pauvre. Tu sais que c'est du harcèlement, ce que tu fais ? S'il était pas aussi correct, il aurait pu porter plainte depuis longtemps.

Jimena rit d'un rire triste et résigné.

JIMENA: C'est ça qu'il te raconte ? Elle est bonne, celle-là...

MIA: Écoute, je sais que t'es en déni, mais t'es pas la seule personne à qui tu fais du tort. Prends sur toi.

XAVIER: Mia, arrête. Tu sais pas de quoi tu parles.

MIA: J'en sais plus que toi. T'as juste entendu un côté de l'histoire !

XAVIER: Et toi, t'as entendu les deux côtés ?

MIA: Ben oui ! J'ai entendu ce que tu m'as dit et ce que lui m'a dit.

XAVIER: Et Jimena ? Lui as-tu demandé son point de vue ?

MIA: Euh... Non.

JIMENA: Ça m'intéresse certainement pas de lui raconter ma vie.

MIA: Et ça m'intéresse pas de l'entendre ! J'en sais assez pour comprendre le genre de personne que tu es.

JIMENA: Ouh, les grands jugements ! Tu te prends pour qui ?

MIA: Je me prends pour un être humain fondamentalement correct qui ne harcèle pas les gens qui ne veulent rien savoir de moi.

JIMENA: OK, t'es aveugle à ce point-là, toi...

XAVIER: Je te l'avais dit.

MIA: Je resterai certainement pas ici à me faire insulter. À la revoyure !

Et elle s'éloigne d'un pas rageur.

Elle n'en peut plus de ces sous-entendus, des manigances de Jimena et de Xavier... Elle se dit qu'ils doivent vraiment être détraqués, tous les deux, pour se monter des histoires pareilles à partir d'un rien. Un professeur passionné, qui s'engage auprès de ses étudiants, qui est accessible, qui ne compte pas son temps, c'est un cadeau. Et c'est à force de crisettes et de faux drames comme ça qu'on leur enlève le désir de s'impliquer. Si ça continue, il n'y aura plus un prof qui aura envie de faire plus que de bêtement donner son cours, sans interagir avec ses étudiants. Pourquoi pas un professeur-robot, tant qu'on y est ? Ou tout simplement des cours donnés sur YouTube. À quoi sert la présence d'un prof en chair et en os, si c'est pour le malmener ainsi dès qu'il ose en donner un peu plus ?

Elle sait bien que ça existe, des profs malintentionnés qui abusent de leurs étudiants. Mais tout en elle lui crie que Guillaume n'en est pas un. La blessure qu'elle a lue dans ses yeux, lorsqu'il lui a parlé des accusations de Jimena, ne peut pas être feinte.

Jimena a-t-elle inventé cette histoire pour punir Guillaume de ne pas avoir voulu d'elle ? Ou alors pour attirer l'attention et la sympathie de Xavier ? Il y a plusieurs scénarios qui semblent plausibles à Mia, mais pas celui où Guillaume jouerait le rôle du méchant. Celui où il lui aurait menti. Elle se sent totalement en confiance avec lui, et elle est convaincue que ce sentiment est réciproque. S'il y avait eu quelque chose entre Jimena et lui, il le lui aurait dit.

Reste que tout cela place Mia dans une position difficile. Elle n'a pas du tout envie de faire partie du conseil étudiant avec les imbéciles rencontrés ce matin. Mais elle a de moins en moins envie d'en faire partie avec Jimena et Xavier.

La vibration de son téléphone interrompt ses pensées. Encore sa mère.

MIA : Quoi ?

SA MÈRE : T'es de bonne humeur, toi !

MIA : Tu ne m'attrapes pas à un bon moment.

SA MÈRE : On dirait que je ne t'attrape jamais à un bon moment.

MIA : T'as jamais entendu parler du message texte ? C'est moins lourd et on répond quand on veut.

SA MÈRE : Des fois, ça me tente d'entendre la voix de ma fille. Est-ce que c'est un crime ?

MIA : Bon, bon. Qu'est-ce qu'il y a ?

SA MÈRE : Il y a que j'ai une proposition à te faire. Ton père va être parti de vendredi à dimanche pour un congrès. Donc je voudrais que tu viennes à la maison passer le week-end avec moi.

MIA : Ben, je sais pas. T'es sûre qu'il ne sera pas là ?

SA MÈRE : Garanti.

MIA : Si je me pointe et qu'il est là, je reprends le premier autobus pour Montréal, c'est clair ?

SA MÈRE : Clair comme de l'eau de roche. Il a un congrès, tu peux vérifier en ligne.

MIA : Peuh. Je m'abaisserai certainement pas à le googler.

SA MÈRE : Donc on se voit vendredi ? Ah, je suis tellement contente !

MIA : OK, à vendredi.

SA MÈRE : Mia ! Texte-moi l'heure d'arrivée de ton autobus, OK ? Je viendrai te chercher. Mia ?

#8

C'est la première répétition de la troupe de théâtre depuis le long week-end et Béatrice voit tout de suite que les séances de travail de Sébastien et de Florence ont porté leurs fruits. Leur jeu est si fluide, à tous les deux, qu'on croirait qu'ils jouent ensemble depuis des années. Même Benoit, le metteur en scène, semble sous le charme, puisqu'il leur fait peu ou pas de commentaires.

Il en va tout autrement quand c'est au tour de Béatrice qui, elle, se fait gentiment rabrouer après s'être empêtrée trois fois dans son texte.

Elle rejoint Sébastien après la répétition, la mine basse. Celui-ci l'embrasse tout de suite et ça la réconforte de sentir les bras de son chum autour d'elle.

BÉATRICE : T'étais tellement bon ! Et Florence aussi !

SÉBASTIEN : Toi aussi, t'étais bonne.

BÉATRICE : Menteur ! J'ai pas assez répété.

SÉBASTIEN (en souriant): Ben oui, qu'est-ce que t'as fait durant tout le week-end, dis donc ?

BÉATRICE : Je me suis ennuyée de mon chum, tu sais bien ! Et en plus, j'avais personne avec qui répéter.

SÉBASTIEN : C'est sûr que ça m'a beaucoup aidé que Florence soit là.

BÉATRICE : Maintenant que t'es revenu, on va pouvoir se rattraper ensemble ?

SÉBASTIEN : Oui, oui. On n'a pas beaucoup de scènes ensemble, par contre.

BÉATRICE : J'ai presque plus de scènes avec Florence qu'avec toi. Je devrais peut-être m'exercer avec elle, moi aussi !

SÉBASTIEN : Ben oui. Ou tu pourrais le faire avec Noah. T'as des scènes avec lui, non ?

BÉATRICE : Oui, c'est vrai, j'y avais pas pensé.

SÉBASTIEN : Tu vois !

BÉATRICE : Mais quand même, l'objectif de faire du théâtre tous les deux, c'était de passer plus de temps ensemble. Ça arrivera pas si on répète toujours avec quelqu'un d'autre.

SÉBASTIEN : Tu t'es inscrite dans la troupe juste pour ça ?

BÉATRICE : Pas toi ?

SÉBASTIEN : Je suis content que tu sois là, c'est sûr, mais... Je veux vraiment donner tout ce que j'ai. J'ai l'impression que les gens me voient juste comme un sportif qui n'a rien entre les deux oreilles. Je tiens à développer d'autres aspects de ma personnalité.

BÉATRICE : Wow, mon amour, je réalisais pas que c'était important à ce point-là pour toi...

SÉBASTIEN : Le cégep, c'est juste une phase de notre vie. Après, un autre monde nous attend, et je veux être sûr d'arriver là avec les bons outils. J'ai pas envie qu'on me regarde de haut parce que je suis juste un joueur de hockey.

BÉATRICE : Mais voyons, qui te regarde de haut ? T'es super admiré, au cégep, et pas juste pour tes prouesses sur la patinoire !

SÉBASTIEN : Dans mon petit milieu fermé, peut-être. Mais en parlant avec Florence, je me suis rendu compte que... ben, que la culture, c'est important aussi.

BÉATRICE : C'est sûr que c'est important ! Mais t'es calé en musique ! Et on est allés voir une exposition au musée ensemble ! Si tu veux plus de culture dans ta vie, ça va me faire plaisir de vivre ça avec toi. J'adore ça, l'art.

SÉBASTIEN : Je sais... Mais je veux pas juste aller voir des choses, je veux en faire moi-même. C'est pour ça que la pièce de théâtre est aussi importante pour moi. Je veux me prouver que j'ai plus à offrir.

BÉATRICE : Je suis d'accord avec tout ce que tu dis, mais... J'ai l'impression que les commentaires de Florence ont peut-être atteint ton estime de toi. Et ça, je n'aime pas.

SÉBASTIEN : Vouloir se dépasser, c'est toujours positif.

BÉATRICE : Peut-être. Tant que tu n'oublies pas qui tu es. Ni qui sont tes vrais amis.

SÉBASTIEN : J'oublierai pas, mon oiseau, ne t'inquiète pas ! Parlant de mes amis, est-ce qu'on fait toujours le dîner chez toi samedi soir ? Tout le monde a super hâte.

BÉATRICE : Ben... Je n'ai pas encore réussi à en parler à Emma.

SÉBASTIEN (en souriant) : Astrid t'avait pas inventé une manipulation de feu pour régler tout ça ?

BÉATRICE : Oui, mais j'aime pas le mensonge.

SÉBASTIEN: Comme tu veux, mais il me semble que ça serait cool… Et c'est pas toi qui veux qu'on passe plus de temps ensemble?

Béatrice regarde les beaux yeux de son chum, sa peau toujours un peu basanée et son sourire, et elle se dit qu'elle l'aime plus qu'elle ne l'a jamais aimé. Que c'est bien peu demander, après tout, que de recevoir quelques amis pour un petit dîner tranquille. Qu'elle est chez elle, qu'elle est presque une adulte, et qu'elle a le droit de prendre ses propres décisions. Elle parlera à Emma, pour le dîner…

En marchant vers son prochain cours, Béatrice réfléchit aux confidences de Sébastien. Elle est contente qu'il se sente assez proche d'elle pour lui parler de ses doutes, mais en même temps, elle n'aime pas qu'il semble remettre en question les fondements de son identité. Elle l'aime exactement comme il est, son Sébastien, et elle n'a pas envie qu'il change.

Mais s'il veut plus d'art et de culture dans sa vie, il n'y a rien qui ferait plus plaisir à Béatrice que d'explorer ça avec lui. Elle se promet d'éplucher les pages Facebook de quelques événements montréalais, de trouver des dates de spectacles ou d'expositions auxquels ils pourraient aller ensemble. Il y a aussi l'anniversaire de Sébastien, qui arrive dans pas trop longtemps… Peut-être qu'elle peut trouver quelque chose de vraiment spécial qu'ils pourraient vivre ensemble.

Après tout, une relation, c'est normal que ça évolue au fur et à mesure que les deux personnes qui la composent évoluent.

Elle devrait accueillir ce changement avec joie, puisqu'il rend Sébastien plus sensible à des choses qui l'intéressent déjà, elle.

Elle devrait, mais ce n'est pas facile. Car à l'intérieur d'elle crie une petite voix qui voudrait que les choses restent exactement comme avant…

#9

Emma s'approche de la table où se trouvent ses amis, au Café Cactus, lorsqu'elle entend son nom.

NATHAN : Donc ici, on sait qu'il est avec Emma. Mais est-ce qu'on a le droit de le dire qu'on le sait ?

ROSALIE : Ben oui ! C'est fini, les cachettes. Ils sortent ensemble, point.

NATHAN : J'aime mieux ça. Je suis nul dans ces trucs-là. J'aurais réussi à le dire devant un des deux, c'est sûr.

EMMA (en s'assoyant) : Salut, les amis ! Vous parlez de quoi ?

NATHAN : Ah, euh, d'un devoir de français.

EMMA (en s'esclaffant) : Mais que tu es nul ! Voyons, je le sais que tu parlais de moi et de Théo !

NATHAN : On disait rien de mal.

EMMA : C'est bon !

ROSALIE : Il est où, ton chum ?

EMMA : Je sais pas. On n'est pas attachés par un fil, tu sais !

ROSALIE : Ouh, t'es sensible, toi !

EMMA : Ah, excuse-moi. C'est Béatrice et Mia qui m'embêtent sans arrêt.

ROSALIE : Elles sont pas sympas !

EMMA : Ben non, c'est drôle... Des fois. Et Béatrice peut bien se le permettre un peu, je l'ai assez embêtée moi aussi avec Sébastien. Au début, je te jure, je pense que chaque phrase qui sortait de sa bouche commençait par le mot Sébastien.

ROSALIE : Et plus maintenant ?

EMMA: Ben… Ça fait un bout de temps qu'ils sortent ensemble. Peut-être que les choses se calment.

ROSALIE : Ça se peut. Tu te souviens, l'an passé, M. Valiquette, en français, il nous avait dit que ce que les jeunes appellent de l'amour, c'est l'amour-passion, et que ça dure maximum un an ou un an et demi. Et qu'après, chez les adultes, ça se transforme en vrai amour plus profond, mais moins excitant.

EMMA: Je me souviens. Il avait dit qu'après un an, c'est impossible d'avoir encore des papillons. Je trouve ça tellement triste.

ROSALIE: Oui. Si c'est pour me sentir envers mon chum comme je me sens envers toi, à quoi ça sert ?

EMMA: Une fois là, ça serait aussi nul que genre mes parents. Ils vivent comme deux colocs.

ROSALIE: Moi, je les trouve mignons, tes parents. Ils font tout le temps plein de choses ensemble. Et là, ton père a pris un an de congé pour suivre ta mère.

EMMA: Sont bien, mais sont ennuyeux.

ROSALIE: Ça, c'est sûr. Hé, ça te tente de venir étudier chez moi ce soir ?

EMMA: Ben…

ROSALIE: Quoi ?

EMMA: Je vais étudier chez Théo.

ROSALIE: Arg ! Béatrice a raison. Tu nous lâches pour ton chum !

EMMA: Ben…

ROSALIE : Je plaisante. T'as bien le droit de le voir des fois. Mais pas trop souvent, hein !

EMMA : Je vais essayer.

ROSALIE : Je sais ce que ça veut dire. J'espère que t'as des papillons, au moins ?

EMMA : Ne t'inquiète pas, j'en ai plein !

#10

Emma sort du four une plaque de métal sur laquelle terminent de griller des croquettes de poulet. Mia, de son côté, touille la vinaigrette d'une salade.

MIA: En tout cas, c'est cool que tu sois venue.

EMMA: Ça me fait plaisir, voyons ! On est quand même colocs.

MIA: Quand même ?

EMMA: Tu sais ce que je veux dire.

MIA: Quoi ?

EMMA: Ben, que des fois...

MIA: Des fois quoi ?

EMMA: Tu vas m'obliger à le dire ?

MIA: Crache !

EMMA: Des fois on se tape sur les nerfs !

MIA (en haussant les épaules): Peuh !

EMMA: Ça veut dire quoi, ça ?

MIA: Ça veut dire que la plupart des gens me tapent sur les nerfs. Ne le prends pas personnellement.

EMMA: Béa te tape pas sur les nerfs.

MIA: J'ai dit la plupart des gens. Béa fait partie des exceptions.

EMMA: Elle était censée être là, elle, ce midi. Je sais pas ce qui est arrivé.

La porte d'entrée claque. Béatrice retire ses bottes et rejoint ses amies à la cuisine, un gros sac d'épicerie dans les bras. Elle le dépose sur la table et entreprend de le vider.

EMMA : C'est quoi, ça ?

BÉATRICE (en souriant) : Ça ne se voit pas ? C'est des nouilles instantanées !

EMMA : Je vois bien, mais pourquoi t'en as acheté genre trois cents paquets ?

MIA : Ne me dis pas que c'est un autre de tes régimes à la noix ?

BÉATRICE : Je ne fais pas de régime ! C'était juste une cure de désintox et c'est fini. Non, ça, mesdames, c'est mon nouveau plan de génie.

EMMA (intriguée) : Raconte !

BÉATRICE : Tu sais que Sébastien adore la musique des années 90 ?

EMMA : Oui…

BÉATRICE : Et tu sais qu'un de ses groupes préférés, c'est les Red Hot Chili Peppers ?

EMMA : Oui…

BÉATRICE : Ben, devine qui donne un concert à Montréal, au Centre Bell, au mois de février ?

MIA : Red Hot ? Ils ont pas genre soixante-dix ans ?

BÉATRICE : Exagère pas !

EMMA : C'est cool.

BÉATRICE : C'est plus que cool ! Parce que devine c'est l'anniversaire de qui, au mois de février ?

EMMA : Tu veux acheter un billet à Sébastien pour son anniversaire ?

BÉATRICE : Pas un billet, deux billets ! Un pour lui, un pour moi ! Mais c'est une méga surprise, OK ? Vous ne le dites à personne.

EMMA : Ça coûte pas une fortune colossale, d'aller voir un spectacle au Centre Bell ?

BÉATRICE : C'est quand même cher.

EMMA : Comment tu vas faire ?

BÉATRICE : C'est ça mon plan de génie ! Je me suis prévu un budget. Si je coupe toutes les dépenses inutiles, je vais y arriver.

MIA (en prenant un paquet de nouilles dans sa main) : Et manger des protéines et des légumes, c'est une dépense inutile ?

BÉATRICE (en riant) : J'ai les repas congelés que je rapporte de chez mes parents ! Si je mélange ça avec quelques repas de nouilles, ça devrait me faire ma semaine sans que j'aie besoin de dépenser plus en épicerie.

EMMA : Ben… Je sais pas.

BÉATRICE : Qu'est-ce que tu sais pas ?

EMMA : Je trouve ça cool que tu veuilles lui faire un beau cadeau, mais pas si tu dois manger des nouilles pendant trois mois ! Tu veux pas que je t'aide à penser à autre chose ?

BÉATRICE (ravie) : Trop tard ! Les billets sont déjà achetés.

EMMA : Hein ? Comment t'as fait ?

BÉATRICE : Mes parents m'ont donné une carte de crédit pour les urgences. Je les ai mis dessus. Il ne me reste plus qu'à rembourser.

EMMA: La carte de crédit pour les urgences ! Mais qu'est-ce que tes parents vont dire ?

BÉATRICE: Ils ne le sauront pas, tant que je ne dépasse pas la limite. La carte est liée à mon compte.

EMMA: Et si t'as une vraie urgence ?

BÉATRICE: Je verrai à ce moment-là ! T'es donc bien rabat-joie, toi !

EMMA: C'est juste que je comprends pas pourquoi t'as ressenti le besoin de lui donner un aussi gros cadeau.

BÉATRICE: On t'a bien donné des billets de spectacle pour ton anniversaire, à toi !

EMMA: Oui, mais pour un spectacle d'humour québécois. Et vous vous étiez mis genre à quinze pour les acheter !

BÉATRICE: Sébastien est important pour moi et je veux le lui montrer, c'est tout.

EMMA: Si tu le dis...

BÉATRICE: À ce sujet, les filles, je voulais vous parler de quelque chose...

MIA: Prends-toi une croquette de poulet. Profites-en, tu les as déjà payées...

BÉATRICE: Ha ! ha ! Très drôle. Mais écoutez-moi, une minute. J'ai eu une idée.

EMMA: C'est quoi ?

BÉATRICE: Ben, Sébastien et moi, on est souvent invités à dîner chez ses amis. Alors j'aimerais bien les inviter à dîner ici à mon tour.

MIA: Tu vas leur servir des nouilles?

BÉATRICE: Ben non! Je décongèlerais une lasagne de ma mère.

MIA: Il y a huit portions dans une lasagne. Si tu les donnes aux amis de ton chum, ça va te faire plus de nouilles à manger.

BÉATRICE: Tu veux bien me lâcher avec mes nouilles?

EMMA: Je comprends pas. Tu veux qu'on les reçoive à dîner? Même Astrid? Tu sais que Mia et moi, on s'entend pas super bien avec elle.

MIA: Moi, ça compte pas, je ne m'entends pas bien avec beaucoup de monde. Tu peux me passer le ketchup?

BÉATRICE: Les filles! Écoutez-moi! Le dîner, ça serait samedi soir.

EMMA: Je vais au spectacle de Jay Du Temple samedi soir.

BÉATRICE: OK...

EMMA: Ah, t'aimes mieux que je sois pas là, c'est ça?

BÉATRICE (mal à l'aise): Ben, c'est que ça serait plus romantique si c'était moi et Sébastien les hôtes. En couple.

MIA: Moi, je suis pas là du week-end. Je vais à Québec.

EMMA: Ah oui? Tu vas voir ta mère? C'est la première fois depuis la rentrée. Qu'est-ce qui s'est passé?

MIA: Absolument rien. Je vais à Québec, c'est tout.

BÉATRICE: Emma, tu en dis quoi, du dîner?

EMMA: Je sais pas. Je ne pense pas que ça soit une bonne idée. La règle, c'est pas de partys. Mes amis veulent toujours en faire ici et j'ai toujours dit non.

BÉATRICE: Ça serait pas un party, ça serait un dîner !

EMMA: Ah, parce que tes amis sont plus matures que les miens, c'est ça ? Des gens qui mangent et qui boivent, appelle ça comme tu veux, mais c'est un party.

BÉATRICE: On serait super calmes ! C'est quoi le pire qui pourrait arriver ?

EMMA: Que ma tante appelle nos parents, qu'ils se fâchent et qu'ils arrêtent de nous faire confiance pour habiter seules en appart ! Moi, je suis pas à l'aise de prendre le risque.

BÉATRICE: Mia ?

MIA: Ce ne sont pas mes affaires. Je ne serai pas là.

EMMA: Voyons, Béatrice, c'est notre plus grande peur, de perdre l'appartement ! Tu serais prête à prendre le risque ?

En écoutant son amie, Béatrice se rend compte que les choses ont changé, pour elle. Sa plus grande peur maintenant, ce n'est plus de perdre l'appartement, c'est de perdre son chum. Et elle sent que la vie les éloigne depuis quelque temps. Rien de dramatique, elle en est sûre, mais il faut qu'elle redresse la barre. Qu'elle donne un coup pour remettre son couple sur la bonne voie.

Les billets de spectacle, c'est une excellente idée et c'est le cadeau qui pourra le mieux proclamer son amour pour Sébastien. En plus, ça satisfera le désir de son chum d'assister à plus d'événements culturels. Mais elle ne pourra pas les lui donner avant quelques mois. Il faut donc qu'elle pense à quelque chose qu'elle puisse faire maintenant pour créer un rapprochement entre eux.

Elle sait qu'il tenait beaucoup à son idée de dîner chez elle et elle trouve qu'il a raison : c'est une étape importante pour un couple, de recevoir ensemble. Elle se demande pourquoi elle a tant hésité. Elle aurait dû dire oui tout de suite. Pas étonnant que Sébastien soit plus distant si elle-même tergiverse à propos de projets communs qui devraient lui sembler évidents.

Et Emma qui dit non... D'un côté, Béatrice la comprend, car elle n'a rien à y gagner. Mais en même temps, Emma est sa meilleure amie, elle devrait la comprendre et la soutenir. Peut-être qu'il faudra qu'elle essaie de la convaincre à un autre moment. Mais Emma semble vraiment avoir peur de se faire prendre et de perdre l'appartement.

À moins que... Béatrice a une idée. Elle ferait peut-être mieux de ne rien dire à Emma et de faire le dîner pendant le spectacle. Rosalie et elle voudront sûrement aller prendre un verre après. Le temps qu'elles rentrent à la maison, le dîner sera fini. Et comme ça, si par malheur Béatrice se faisait coincer par Marie-Pier, elle serait la seule à porter le blâme et Emma ne perdrait pas son droit d'habiter en appartement.

Oui, c'est plus sûr ainsi. Béatrice ne dira rien. En fait, en gardant le secret, elle protège son amie. Et tout le monde sait qu'un mensonge blanc, ça ne compte pas.

#11

Mia frappe à la porte du bureau de Guillaume. Elle ne l'a pas revu depuis le débat étudiant. Ce jour-là, elle s'était présentée à son bureau, presque malgré elle; elle avait besoin, un besoin qu'elle ne comprenait pas trop, de savoir ce qu'il avait pensé de sa performance. Mais elle s'était butée à un post-it collé sur la vitre d'une porte fermée, qui disait: «Parti en congrès. De retour jeudi.»

Les quarante-huit heures séparant le débat et le retour de Guillaume lui ont semblé longues. Chaque fois qu'elle parle à Xavier, elle a l'impression que les choses s'embrouillent dans sa tête et elle a besoin de Guillaume pour y voir plus clair.

Enfin, la porte s'ouvre, et Guillaume apparaît. Il a encore son manteau sur le dos et une grosse écharpe en laine enroulée autour du cou. Mia trouve qu'il a l'air d'un garçon de cinq ans soigneusement emmitouflé par une maman inquiète. Avec la buée dans ses lunettes, il est adorable. Elle sourit.

GUILLAUME: Mia ! Tu tombes bien, j'arrive à peine.

MIA: Ça va ?

GUILLAUME: Ça va frigorifié ! On est passés de l'été à l'hiver d'un coup ou quoi ?

MIA: C'est à peu près ça. T'étais où, voyons ?

GUILLAUME: En Floride.

MIA: En Floride ? La vie est belle !

GUILLAUME: Si tu trouves ça bien de passer deux jours dans un hôtel moche sur le bord d'une autoroute avec cinquante bonshommes et bonnes femmes qui adorent les vieux trucs, alors oui, la vie est belle.

MIA : C'était un congrès de quoi ?

GUILLAUME : Un colloque nord-américain de professeurs d'histoire.

MIA : Ça devait quand même être intéressant, non ?

GUILLAUME : Sincèrement, oui. Mais j'étais surtout là parce que la direction du cégep veut montrer qu'on est au fait des récentes avancées pédagogiques. Des fois, c'est plus important d'avoir l'air d'être allé au colloque, que ce qu'on apprend au colloque.

MIA : T'es cynique.

GUILLAUME (en souriant) : Toujours au moins un peu. Ça me garde en vie.

Mia rit. Elle le trouve beau. Et drôle. Et brillant. Elle sait qu'il est complètement mais complètement hors de sa portée : trop vieux, trop prof, trop beau, trop à cheval sur les règles. Mais cela ne l'empêche pas de savourer chaque minute passée en sa compagnie, sans s'attendre à plus.

GUILLAUME : Qu'est-ce que je peux faire pour toi ? Je suis passé ici en coup de vent chercher un document, mais je meurs de faim. Je m'apprêtais à aller manger un bout.

MIA : Ah, c'est pas grave, je vais pas te retenir, alors. Je voulais savoir ce que tu avais pensé du débat.

GUILLAUME : Le débat étudiant ! J'en ai pensé plein de choses. Tu veux venir avec moi ? Je te raconterai ça en dévorant un cheeseburger double.

MIA : Ah, OK. Avec plaisir. On va au MacFarlane's ?

GUILLAUME : Bah. Trop d'étudiants. J'ai pas envie de me sentir au boulot dans mes temps libres.

MIA : Es-tu sûr que tu veux que je vienne, alors ?

GUILLAUME : Mais oui ! Toi, ça compte pas, voyons !

Mia est pour une fois très heureuse de ne pas compter.

Ils sortent ensemble dans la froide soirée d'octobre. Le jour tombe vite. Les duplex entourant le cégep commencent à arborer des décorations d'Halloween. Un écureuil se régale avec une citrouille placée sur un perron. Mia serre son manteau en laine autour d'elle. C'est bien beau, d'acheter à l'Armée du Salut, mais elle se dit qu'elle aura peut-être besoin d'investir dans une vraie doudoune avant l'hiver.

Guillaume marche d'un pas rapide et elle trottine pour le suivre. Ils passent devant le MacFarlane's et les autres restaurants du coin que Mia connaît. Ils empruntent une rue transversale et s'avancent vers l'ouest. Quelques coins de rue plus loin, Guillaume l'invite à entrer dans un troquet qui ne paie pas de mine. Le patron, bedonnant sous son tablier blanc taché de graisse, les accueille chaleureusement.

LE PATRON : Si c'est pas mon meilleur client ! Qu'est-ce que ça sera, aujourd'hui, chef ?

GUILLAUME : Un cheeseburger double. Avec des piments forts.

LE PATRON : Et pour la demoiselle ?

Guillaume regarde Mia d'un air interrogatif.

MIA : La même chose.

GUILLAUME : Et deux pintes de bière.

LE PATRON : La demoiselle a une pièce d'identité ?

Gênée, Mia farfouille dans son sac. Dans sa nervosité, elle laisse tomber par terre un paquet de bonbons à la menthe, deux élastiques à cheveux et un tampon qu'elle se maudit d'avoir laissé traîner dans son sac. Guillaume la regarde d'un air amusé, mais, Dieu merci, ne se penche pas pour l'aider à tout ramasser. Mia fourre vite le tampon et les bonbons dans le fond de son sac, abandonne les élastiques à leur sort et tend son portefeuille au restaurateur qui examine ses cartes attentivement.

LE PATRON : Mademoiselle Coralie ! Par ici, s'il vous plaît !

Il les guide vers une banquette de cuir élimée située dans le fond du minuscule restaurant. Mia s'assoit, prenant bien soin de ne pas croiser le regard de Guillaume. Le patron s'éloigne en sifflotant.

GUILLAUME (l'air amusé) : Coralie, hein ? Ça te va bien, comme nom… Dis-moi, quand est-ce que tu pourras redevenir Mia ?

MIA : En janvier.

Guillaume hoche la tête. Quand il reprend la parole, c'est pour discuter d'un tout autre sujet. Mia se sent parfois étourdie avec lui, mais c'est ce qu'elle apprécie tant de sa présence : elle doit être sur le qui-vive et est toujours emmenée ailleurs.

GUILLAUME : Alors, le débat ! Bravo, tu t'en es bien tirée.

MIA : J'étais super nerveuse tout à coup, ce jour-là.

GUILLAUME : Ça ne se voyait pas. Je trouve que tu étais la meilleure, de loin.

MIA : Je pensais que tu avais juste assisté à mon bout à moi ?

GUILLAUME : Non, j'étais là depuis le début. Mais discrètement, au fond, où personne ne me voyait. J'ai juste voulu te faire un petit coucou quand ça a été ton tour.

MIA : Je ne pense honnêtement pas que j'étais la meilleure. Jimena était beaucoup plus posée.

GUILLAUME : Mais t'étais la plus passionnée ! C'est ça qui est accrocheur chez toi.

Mia aime bien cette image d'elle qu'il lui renvoie. Elle lui sourit alors que le patron dépose leurs pintes de bière devant eux.

MIA : Ça a été moins pire que je pensais. Mais j'ai trouvé les autres... Moyens, disons.

GUILLAUME (avec un sourire en coin) : T'es surprise ?

MIA : Sincèrement, non. J'ai toujours su qu'il y avait beaucoup d'ignorants sur cette planète. Au cégep, c'est les Cro-Magnons qui veulent juste des beuveries. À l'université, c'est les idiots qui organisent des initiations où les filles doivent faire des concours de t-shirts mouillés. Et après, c'est les imbéciles qui achètent des machines à pétrole pour souffler les feuilles sur leur terrain de banlieue en buvant une bière et en rotant.

GUILLAUME : T'as pas foi en l'espèce humaine, toi.

MIA: Au contraire. Je crois qu'il existe des bonnes personnes qui se battent pour les bonnes choses. Mais disons que la majorité silencieuse me décourage plus souvent qu'autrement.

GUILLAUME : Il n'y avait pas juste les gars de party. Qu'est-ce que tu as pensé des autres ?

MIA : La fille qui voulait plus de projets artistiques était pas si mal. J'espère qu'elle va être élue. Xavier était trop extrémiste, comme d'habitude.

GUILLAUME : Et Jimena ?

MIA : Hé, je pensais qu'on était ici pour que tu me dises ce que toi, tu avais pensé du débat !

GUILLAUME : Ton opinion m'intéresse.

MIA : Jimena était super bonne. Elle mériterait d'être élue. Mais…

GUILLAUME : Mais quoi ?

Heureusement pour Mia, le patron pose leurs cheeseburgers dégoulinants sur la table, ce qui lui épargne de répondre. Elle prend son temps pour ajouter du ketchup et de la moutarde à son burger, puis elle mord dedans à pleines dents, prenant une grosse bouchée qui l'empêche de parler.

Mais elle ne peut pas se goinfrer jusqu'à la fin de la soirée. Sous le regard amusé de Guillaume, elle avale une gorgée de bière puis lui répond.

MIA: Sincèrement... Je ne sais pas si je devrais t'en parler, mais...

GUILLAUME (l'air soudain préoccupé): Tu sais que tu peux tout me dire, Mia. Qu'est-ce qui se passe?

MIA: Rien de dramatique, mais... Disons que les choses sont un peu tendues entre Jimena et moi.

GUILLAUME (en soupirant): À cause de moi...

Il a l'air si triste, si découragé, les yeux perdus dans le vide, que Mia, sans réfléchir, pose un instant sa main sur la sienne pour le réconforter.

MIA: Mais non! Si c'est la faute de quelqu'un, c'est celle de Jimena. Elle te harcèle et ce n'est pas correct. Je lui ai dit ma façon de penser. Mais disons qu'elle ne l'a pas super bien pris.

GUILLAUME: Ça me rend vraiment mal à l'aise de créer des tensions entre vous... Et pour être honnête...

MIA: Quoi?

GUILLAUME: C'est à mon tour de me demander si je peux te dire ça...

MIA: Et c'est à mon tour de te dire que tu peux tout me dire.

GUILLAUME: Je ne suis pas sûr que ce soit une bonne idée que tu provoques Jimena. Je ne veux pas t'empêcher d'agir selon tes principes, mais... Je trouve ça dangereux.

MIA: Dangereux pour... toi?

GUILLAUME : Oui.

MIA : Si c'est le cas, je vais m'abstenir. Ne t'inquiète pas. Mais ça me place quand même dans une position bizarre pour collaborer avec elle, si jamais on était élues toutes les deux.

GUILLAUME : Je déteste tellement te placer dans une situation comme ça !

MIA: C'est pas toi, voyons, c'est elle ! Avec ses drames à la noix. Quoique... J'ai pas non plus envie de collaborer avec les gars de party. Plus ça va, moins ça me tente.

GUILLAUME : Dis pas ça. Tu vas être élue, et tu vas être super bonne. Mais pour Xavier et Jimena...

MIA: Je vais me tenir loin d'eux. Ça va me faire plaisir. Du moins jusqu'aux élections. Après, on verra...

#12

Emma déguste son café à la cannelle. Elle ronronne de bonheur. Elle pourrait écouter Théo pendant des heures, alors qu'il présente au reste du comité du journal étudiant l'idée qu'il a eue pour son premier article.

THÉO : Il se passe tellement de choses en intelligence artificielle, à Montréal. Je trouve ça important de couvrir le dossier. Ça pourrait influencer certains étudiants dans leur choix de programme à l'université. Il y a déjà une top chercheuse de McGill qui a accepté de me parler et j'essaie d'avoir aussi quelqu'un de l'Université de Montréal.

SARA : Ça me semble super intéressant. Si t'as juste ta chercheuse de McGill, tu pourrais faire un portrait d'elle, raconter son parcours. Je veux une première version pour mercredi, ça te va ?

THÉO : Parfait.

Il fait un clin d'œil à Emma tandis que Sara reprend la parole. Qu'il est beau, qu'il est intelligent, qu'il est tout ! Emma se sent exploser de bonheur, elle a l'impression que le soleil lui sort par tous les pores de la peau. Même s'il n'est pas encore huit heures du matin, même s'il fait froid, elle se sent toute chaude à l'intérieur chaque fois qu'elle regarde son chum. Elle lui rend son clin d'œil, puis remarque que Félix l'observe d'une drôle de façon.

SARA : Emma, à ton tour.

EMMA (nerveuse) : Pour ma première chronique, j'aimerais raconter le point de vue d'une fille qui se cherche le costume d'Halloween parfait. Elle ne veut pas que ça soit trop sexy, pour ne pas passer pour une antiféministe. Elle ne veut pas que ça soit trop moche, pour ne pas avoir l'air moche. Elle ne veut pas que ça soit de l'appropriation culturelle, pour ne blesser personne. On la verrait passer à travers plein d'idées pour finir par tout rejeter. À la fin, elle se pointe au cégep habillée en vêtements normaux. Et quand quelqu'un lui demande elle est déguisée en quoi, elle répond: «En fille pleine de bonne volonté, mais vraiment découragée.»

SARA (avec le sourire): Je trouve ça vraiment chouette! Tant que c'est écrit de façon dynamique et humoristique.

EMMA: C'est ça l'idée.

FÉLIX (levant la main): Vous trouvez pas ça un peu premier niveau? Comme si on était d'accord avec les imbéciles qui se plaignent de ne plus pouvoir se déguiser en *blackface*?

EMMA: Je pense qu'au contraire on va sentir que la fille est super sensible à tout ça.

SARA: Moi, je le sens. Tu as mon *go,* Emma.

EMMA (ravie): Merci!

SARA: Au travail, groupe, et à mercredi!

Chacun se lève. Emma s'avance vers Théo, des étoiles dans les yeux. Félix l'intercepte.

FÉLIX: Emma, est-ce que je peux te parler?

EMMA (mal à l'aise): Ben, c'est que… j'ai des plans.

FÉLIX: Avec Théo?

EMMA : Euh, oui. On va prendre un café avant mon premier cours.

FÉLIX : Donc... Vous êtes ensemble, maintenant ?

EMMA : Euh, oui.

FÉLIX : Depuis ton party d'anniversaire ?

EMMA : Officiellement, oui.

FÉLIX : Attends, vous aviez quelque chose avant ?

EMMA (mal à l'aise) : Pas en tant que tel, et je pensais que j'avais plus aucune chance, mais...

À ce moment, Théo les rejoint, mettant fin à la conversation. Il place son bras sur l'épaule d'Emma, salue Félix, et ils s'éloignent tous les deux en direction du Café Cactus.

THÉO : Qu'est-ce qu'il te voulait ?

EMMA : Savoir si on était ensemble.

THÉO : T'as dit quoi ?

EMMA : J'ai dit que j'étais pas sûre et que j'y réfléchissais...

THÉO (faussement outré) : Quoi ?

EMMA (en riant) : Qu'est-ce que tu penses que je lui ai dit ? Je lui ai dit oui.

THÉO (en s'arrêtant pour l'enlacer) : J'aime mieux ça...

Il se penche et l'embrasse, longtemps, et ils sont seuls au monde, tous les deux, dans la cohue matinale de la grande salle.

#13

Béatrice court partout dans l'appartement pour ramasser son linge sale et le lancer en vrac dans son sac. Emma la regarde passer, amusée.

EMMA: Relaxe ! Tu pars juste deux nuits !

BÉATRICE: Ça fait un siècle que j'ai pas eu le temps de faire mes lessives. Je vais en profiter.

EMMA: J'aimerais ça, des fois, que ma mère lave et plie mon linge... Il sentait tellement bon quand c'était elle qui le faisait.

MIA (en sortant de sa chambre): T'as juste à acheter la même marque de détergent. C'est pas sorcier.

BÉATRICE: Donne-moi ton linge, si tu veux. J'ai plein de nouvelles affaires de Justine, alors ma mère remarquera pas quelques vêtements de plus.

EMMA: Tu penses ? Je peux pas faire ça à Sophie !

BÉATRICE: Elle s'en rendra même pas compte !

EMMA: Ben, OK. Je vais aller chercher quelques trucs.

MIA: T'es pas sérieuse, là ? Tu vas vraiment faire faire tes lessives en cachette par la mère de ton amie ? T'as quel âge, dis donc ?

EMMA: Hé, tu ne partais pas à Québec, toi, mademoiselle l'agréable ?

MIA: Je pars dans quinze minutes. J'ai hâte de me retrouver enfin avec des adultes.

EMMA: Fiou ! Et ici, on va avoir la paix.

BÉATRICE: Les filles, arrêtez de vous disputer comme des enfants ! Moi aussi, faut que je parte. Aidez-moi donc à trouver mes affaires, on dirait qu'une tornade les a éparpillées dans l'appartement !

MIA: Euh, la tornade, c'est toi. Tu t'es changée genre cinq fois hier et dix fois ce matin.

BÉATRICE: Je veux que Sébastien me trouve belle, c'est tout.

MIA: Le monde ira mieux le jour où les filles arrêteront de perdre leur temps à se soucier de leur apparence pour plaire à un homme.

BÉATRICE: OK, Simone de Beauvoir, je t'ai entendue.

MIA: Je vais finir ma valise. Ciao !

Elle fait claquer la porte de sa chambre derrière elle.

EMMA (ironique): Elle est de bonne humeur !

BÉATRICE: Je pense que ça la stresse d'aller à Québec. Mais je comprends pas pourquoi.

EMMA: Et ça ne m'intéresse pas de chercher à comprendre. Hé, en passant, j'ai rempli le formulaire en ligne pour la randonnée pédestre.

BÉATRICE: Moi aussi ! On a tellement bien fait de choisir ça ! Un week-end au Vermont, et ça remplace toute une session de cours de gym ! Avec le yoga d'Astrid et ses autres affaires, j'aurais pas pu suivre des cours de sport en plus.

EMMA: As-tu vu le courriel qu'ils nous ont envoyé cet après-midi ?

BÉATRICE: Non, je suis pas allée voir le portail. Ça dit quoi ?

EMMA: On a été placées dans le groupe du week-end prochain.

BÉATRICE : Déjà ? Cool. Au mois de novembre, il aurait fait trop froid.

EMMA: Mais on ne connaît pas grand monde d'autre. Je nous ai inscrites ensemble dans une tente.

BÉATRICE : Ouf ! Tu imagines partager une tente avec une inconnue ?

EMMA (en riant): Ben, je sais pas, il y a peut-être moins de risque que l'inconnue pète !

BÉATRICE (en faisant semblant de lui donner une tape): Hé, je pète pas !

Emma la regarde d'un air narquois.

BÉATRICE : Ben, OK, pas tant que ça…

EMMA : On n'apporte pas de fèves au lard, en tout cas, c'est sûr.

BÉATRICE : Tout le monde a des gaz après avoir mangé des fèves au lard ! C'est prouvé scientifiquement !

Emma rit mais ne semble pas convaincue.

BÉATRICE : Tu viens dans ma chambre ? Je vais finir mon sac.

Emma la suit.

BÉATRICE : As-tu hâte d'être demain soir ?

EMMA : Tellement ! C'est le plus beau cadeau d'anniversaire de ma vie ! Merci d'avoir organisé ça. Rosalie est super excitée, elle aussi.

BÉATRICE : T'as pas plutôt envie d'y aller avec Théo ?

EMMA: Oui, mais… De un, Rosalie me tuerait. Et de deux, Théo a une partie de hockey demain soir. Ça a rendu le choix plus facile.

BÉATRICE : T'as pas envie d'aller le voir jouer ?

EMMA : Ark, tu sais que je déteste les arénas*.

BÉATRICE : Voyons, c'est ton chum, et il joue pour une équipe d'élite ! C'est sûr que tu vas aller voir ses matchs !

EMMA : Oui, oui, j'irai bien un jour, mais pas quand j'ai des billets pour un spectacle d'humour !

Béatrice prend une grande respiration. Elle doit à tout prix cacher sa nervosité.

BÉATRICE : En passant, je reviens demain soir, finalement.

EMMA : Tu vas chez tes parents juste une nuit ? Comment ça ?

BÉATRICE : J'ai un gros travail d'histoire à finir et je veux répéter pour la pièce de théâtre avec Sébastien dimanche.

EMMA : Tes parents étaient d'accord ?

BÉATRICE : Oui, parce que je viens au moins ce soir. Sur ce, faut pas que je manque mon autobus ! Et toi, tu sors à quelle heure, demain soir ?

EMMA : Je vais partir tôt, vers 17h. Je vais aller dîner chez Rosalie avant le spectacle.

BÉATRICE : Super ! C'est super.

EMMA : Super que je dîne chez Rosalie ?

BÉATRICE : Ben, super que tu passes une belle soirée avec notre cadeau d'anniversaire.

---

* **Aréna** – Centre sportif.

EMMA : Et je vais sûrement rentrer tard.

BÉATRICE : Super ! Amuse-toi !

EMMA : T'es donc bien bizarre, toi !

BÉATRICE : Je suis juste pressée. À demain, Emma !

Elle quitte l'appartement en coup de vent. Mon Dieu que le mensonge, même blanc, ça ne lui plaît pas. Elle se sentait aussi fausse qu'une mauvaise actrice de *sitcom* américaine. Il ne manquait que les rires enregistrés de l'auditoire alors qu'elle s'enfonçait plus profondément dans ses explications.

N'empêche que c'est une bonne nouvelle. Emma qui sort tôt… Ça lui laissera le temps de bien préparer l'appartement avec Sébastien. Elle a tellement hâte de passer enfin du temps de qualité avec lui ! Elle se dirige vers le métro, le sourire aux lèvres.

#14

En arrivant chez Emma le samedi matin, Théo dépose son sac de hockey dans l'entrée. Il enlève son manteau et saisit sa blonde* par la taille. Puis, il l'attire vers lui pour l'embrasser.

EMMA (en ricanant): T'es complètement en sueur !

THÉO: C'est de ça que j'ai l'air après un entraînement de hockey.

EMMA: Vous ne prenez pas de douche ?

THÉO: Il y avait des travaux à l'aréna. Pas d'eau chaude. J'aurais pu passer chez moi prendre ma douche, mais...

EMMA: Mais ?

THÉO: Mais j'avais trop hâte de te voir !

Emma fond et se colle contre lui, et tant pis pour la sueur. Il sent l'homme. Elle se hausse sur la pointe des pieds et l'embrasse dans le cou.

THÉO: Et j'ai l'intention qu'on profite de chaque minute de l'absence de tes colocs... Même si j'avais du hockey ce matin et que j'en ai encore ce soir.

EMMA (d'un air faussement sévère): Ce soir, ça va vu que je vais au spectacle de Jay Du Temple, mais ce matin, j'avoue que t'aurais pu arriver ici plus tôt.

THÉO: J'ai fait de mon mieux, madame, c'est promis ! Sur ce, est-ce que ça te dérangerait que je prenne ma douche ?

EMMA: Pourquoi ? Je trouve que tu sens bon, finalement.

THÉO: Je me sens dégueu. J'ai envie de me changer et d'être sec.

EMMA: Je comprends. Viens, je vais te prêter ma serviette.

---

* **Blonde** – Petite amie, amoureuse.

Théo la suit vers sa chambre. Il saisit la serviette qu'elle lui tend, puis il attire de nouveau Emma vers lui.

THÉO : Ça ne te tenterait pas de... venir avec moi ?

EMMA : Avec toi ? Dans la douche ?

THÉO : Ben, oui. As-tu déjà pris une douche avec un garçon ?

EMMA : Non. Et toi ?

THÉO : Je prends ma douche avec des gars au moins quatre fois par semaine.

EMMA : Non, idiot ! As-tu déjà pris ta douche avec une fille ?

THÉO : Non, mais j'aimerais bien essayer. Qu'est-ce que t'en penses ?

Ce qu'elle en pense ? Emma n'est pas certaine. Elle a envie d'essayer, c'est sûr ; par curiosité, et parce que ça lui tente de vivre de nouvelles expériences avec Théo. Et elle est contente de savoir que ça serait sa première fois à lui aussi ; ce serait quelque chose qui ne leur appartiendrait qu'à eux deux.

Mais, en même temps, elle hésite. Elle trouve que les choses iraient trop vite, entre eux, si elle disait oui. Ils n'ont pas encore fait l'amour ; il ne l'a pas encore vue nue de la tête aux pieds. Elle serait gênée de s'afficher devant lui, à la lumière du jour, sous l'éclairage peu flatteur de la salle de bains.

Elle se dit que c'est bien d'être spontané dans la vie... Mais elle ne veut pas brûler d'étapes.

L'indécision doit se lire sur son visage parce que Théo prend la serviette et sort de la chambre en disant : « C'est bon, laisse tomber. »

Emma le laisse aller parce qu'elle ne sait pas ce qu'elle dirait si elle le retenait. Elle entend le bruit de la douche qui coule. Elle décide d'aller s'affairer à la cuisine afin de laisser à Théo le temps de terminer sa douche et de se changer dans sa chambre.

Elle finit de vider le lave-vaisselle lorsqu'il la rejoint, les cheveux mouillés, les pieds nus, vêtu d'un jeans et d'un sweat à capuchon vert foncé. Malgré le malaise qui pourrait s'installer entre eux, elle lui sourit, trop heureuse de le voir chez elle.

EMMA : Ça va mieux ?

THÉO : Ça fait du bien. Sauf que je vais sentir la fille pour le reste de la journée. Il y a juste des affaires fruitées dans cette douche-là.

EMMA : Sauf Mia avec ses produits au chanvre, mais elle les emporte dans sa chambre après usage pour ne pas qu'on s'en serve.

THÉO : La prochaine fois, je vais apporter mon savon.

Emma sourit à ces mots. Leur relation est si nouvelle, si fragile encore, qu'elle est contente chaque fois qu'elle l'entend parler d'avenir. De leur avenir commun.

EMMA : Qu'est-ce que ça te tente de faire ?

THÉO : Il pleut et je suis claqué. Et je joue ce soir. On pourrait faire quelque chose de *chill** ?

EMMA : Genre, regarder un film ?

THÉO : Oui, ou on pourrait commencer une série ?

---

* ***Chill*** – Cool, relax.

Encore mieux. Qui dit série commune dit série à continuer, donc de nombreuses heures à passer ensemble, emmitouflés devant la télé. Emma accepte avant qu'il ait le temps de changer d'idée.

EMMA : C'est parfait. Je te laisse choisir. Moi, j'aime tout.

Théo s'installe dans le salon et se connecte au compte Netflix d'Emma.

THÉO : Il y a un gars dans mon équipe de hockey qui regarde *How I Met Your Mother* et il dit que c'est super drôle. Est-ce que ça te tente ?

EMMA : Il paraît que c'est bon. Il y a combien de saisons, là-dedans ?

THÉO (faisant défiler le menu) : Neuf.

Neuf ! C'est presque trop beau pour être vrai.

EMMA : Et on les regarde ensemble ?

THÉO : Hmm… Je te propose quelque chose. Si on veut regarder un épisode pendant qu'on est tout seul, on prévient l'autre, pour être arrivés au même endroit la prochaine fois qu'on veut regarder la série ensemble. Ça te va ?

EMMA : Ça me va parfaitement.

Ils s'enfilent les quatre premiers épisodes, confortablement couchés sur le sofa du salon, enlacés.

Emma s'étire. Théo la retient pour ne pas qu'elle tombe par terre.

EMMA : Assez drôle. Je commence à comprendre pourquoi tout le monde adore Barney Stinson.

THÉO: *Legen – wait for it – dary! Legendary!*

EMMA: Hmm… N'abandonne pas tout de suite ta carrière de hockeyeur pour devenir imitateur.

THÉO: Parlant d'imitateur, tu as hâte d'être ce soir?

EMMA: Tellement!

THÉO: Est-ce que tu le trouves beau?

EMMA (en souriant): Est-ce que tu es jaloux?

THÉO: Moi? Jaloux?

Emma le toise d'un air narquois, attendant sa réponse. Leurs visages sont à quelques centimètres l'un de l'autre. Elle se plonge dans son regard et essaie de deviner ce qu'il va dire.

THÉO: Non, sans blague, je ne suis pas d'un naturel jaloux. Et toi?

EMMA: Je ne pense pas. Mais j'ai jamais…

THÉO: T'as jamais quoi?

Elle allait dire «J'ai jamais aimé un garçon autant que toi», mais elle sait qu'il est beaucoup trop tôt. Et n'est-ce pas elle qui voulait ralentir les choses, tout à l'heure? Elle tente de reprendre le fil de la conversation sans trop se dévoiler.

EMMA: Je ne sais pas… Je n'ai jamais été dans une situation où j'avais à ressentir de la jalousie. Mes autres relations n'ont pas duré super longtemps.

THÉO: As-tu déjà été amoureuse?

EMMA: Vraiment amoureuse? Non. Je me rends compte que non.

THÉO: Comment, tu t'en rends compte?

EMMA (mal à l'aise): Ben… en regardant Béatrice… Et juste en grandissant, en prenant de la maturité. J'ai eu un chum en secondaire 4 et un en secondaire 5. Mais dans les deux cas, je me rends compte que c'était plus pour voir comment c'était, pour le fun d'être avec eux. On n'avait pas une vraie relation d'intimité.

THÉO: Pas comme nous deux, tu veux dire?

EMMA (en riant): J'avoue qu'un gars qui prend sa douche chez moi et qui passe l'après-midi collé avec moi sur mon sofa, c'est assez intime.

THÉO: Ça va l'être encore plus quand on va prendre notre douche à deux… Et le reste, là…

EMMA (en chuchotant): Je sais…

Théo pose de doux baisers sur son visage, son nez, ses joues, son front.

THÉO (en chuchotant lui aussi): J'ai super hâte, Emma.

EMMA: Moi aussi…

THÉO: Mais tu peux prendre le temps qu'il faut. Je ne suis pas pressé… Je t'attends.

Son souffle chatouille le cou d'Emma. Elle sourit.

#15

EMMA : C'est quand même mignon, non ? Qu'il ait dit qu'il allait être patient ?

Elle enfile des boucles d'oreilles argentées.

ROSALIE (en s'appliquant de la poudre sur les joues) : Il a intérêt à être patient ! Faut que t'attendes au moins un mois. Sinon, le gars te respectera pas.

EMMA : Ça fait pas vieux jeu, une règle comme ça ?

ROSALIE : Si tu trouves ça vieux jeu d'avoir des principes ! Les filles avec qui c'est trop facile, les gars se voient pas avec elles à long terme. C'est bien connu.

EMMA : Béatrice n'a pas attendu un mois avec Sébastien et c'était son premier.

ROSALIE : Il faut des exceptions à toutes les règles.

EMMA : Pourquoi Théo et moi, on serait pas une exception nous aussi ?

ROSALIE : Parce que vous en êtes pas une ! Il a *frenché* ta coloc, vous vous êtes fréquentés en secret, il t'a larguée, vous êtes revenus ensemble... Ça a été assez compliqué comme ça. Là, il est temps de ramener un peu d'ordre dans tout ça.

EMMA : Je trouve pas ça super romantique. Et en plus, si tu comptes le temps où on se fréquentait, ça fait plus qu'un mois qu'on est ensemble. On a eu le temps d'apprendre à se connaître.

ROSALIE : Tu fais ce que tu veux, mais je te le dis, ça serait une grossière erreur.

Emma ne sait pas quoi penser. Quand elle est avec Théo… son corps a des envies dont elle ne se croyait pas capable. Elle veut toujours être contre lui, le toucher, le sentir, se fondre contre lui. Jamais elle n'a ressenti ça avec ses chums du secondaire. Même quand elle avait fait l'amour avec Julien, son chum de secondaire 5, ça lui avait semblé plus mécanique que passionné. Mais avec Théo… Chaque terminaison nerveuse de sa peau est en feu quand il est près d'elle.

Peut-être que Rosalie ne comprend pas… Peut-être qu'elle n'a jamais vécu ça. Ce qui ne se demande pas vraiment, car Emma elle-même, avant d'avoir rencontré Théo, n'aurait pas su qu'elle n'avait jamais vécu ça. Rosalie pourrait donc jurer qu'elle sait de quoi Emma parle, mais ne pas savoir qu'elle avait tort jusqu'à ce que ça lui arrive à son tour.

Emma a hâte de parler de tout ça avec Béatrice. Elle est sûre que sa grande amie la comprendra et saura mieux la conseiller. Peut-être qu'elle a déjà pris une douche avec Sébastien, quand personne n'était à l'appart ? En tout cas, c'est sûr qu'elle en sait plus qu'Emma et Rosalie en matière de relations passionnées.

Emma est tout à coup très contente de savoir que sa meilleure amie rentre des Cantons-de-l'Est le soir même. Elle se promet de la réveiller s'il le faut en revenant du spectacle, pour avoir son point de vue et décortiquer avec elle les mille nuances des mots doux que Théo lui a dits.

#16

De retour chez elle le samedi soir, Béatrice a été ravie de trouver un appartement vide. De toute évidence, Emma était déjà partie dîner chez Rosalie. Ça l'aurait gênée de mentir à son amie en plein visage. Elle préfère de loin les mensonges par omission.

Sébastien a mis de la musique, un *mix* de ses chansons préférées, et il dispose des couverts sur la table de la salle à manger. Béatrice chantonne au son d'une vieille chanson de Jacques Brel pendant qu'elle place la lasagne au four. Ses yeux brillent alors qu'elle regarde son chum qui s'active à ses côtés. Ils ont l'air d'un couple, d'un vrai; bientôt ils seront presque prêts à vivre ensemble. Peut-être pour l'entrée à l'université? Pour Sébastien, ce sera déjà l'an prochain, et elle sait que ses parents à elle ne le lui permettront pas si tôt; mais peut-être l'année suivante, quand les parents d'Emma seront revenus, et qu'elle sera clairement trop vieille pour habiter en résidence étudiante.

Béatrice rêvasse en imaginant qu'ils sont dans leur appart à tous les deux, qu'ils s'endorment ensemble tous les soirs et ont l'habitude de recevoir leurs amis à dîner.

Elle s'est faite belle pour l'occasion. Elle porte un jeans taille haute noir et une chemise noire qui souligne ses épaules bien définies par un mois de yoga chaud. Elle a aussi mis une longue chaîne en or qui souligne sa poitrine. Ses cheveux blonds ondulent après une soigneuse mise en plis. Elle a bien vu, à la lueur d'admiration dans les yeux de Sébastien à son arrivée, qu'elle avait eu raison de faire autant d'efforts.

BÉATRICE : Mon amour, tu veux bien allumer les chandelles ? Il y a un briquet sur le bord du foyer du salon.

SÉBASTIEN : Oui. Je place les assiettes et j'y vais. (Comptant à voix haute en prenant les assiettes :) Un, deux, trois, quatre, cinq, six, sept, huit, neuf…

BÉATRICE : Neuf ? Je pensais qu'on était huit. J'ai compté toi, moi, Astrid, Justine, Raphaëlle, Noémie, Thomas et Ludovic.

SÉBASTIEN (l'air gêné) : Ah zut, j'étais sûr de t'avoir textée. J'ai invité Florence.

BÉATRICE : Florence ? Florence St-Jean de la pièce de théâtre ?

SÉBASTIEN : Ben, oui.

BÉATRICE : Mais elle n'a rien à voir avec nos amis. Elle ne les connaît même pas.

SÉBASTIEN : Justement. Elle ne connaît pas beaucoup de monde au cégep. Ça va lui permettre d'en rencontrer. Est-ce que ça te dérange ? Je peux la rappeler et lui dire, si c'est le cas. Elle est super compréhensive.

Béatrice ne veut surtout pas avoir l'air moins compréhensive que l'extraordinaire Florence, qui semble parée de toutes les qualités.

BÉATRICE : Non, non, ça ne me dérange pas. C'est pour elle. Je ne voulais pas qu'elle se sente mal à l'aise avec plein de nouvelles personnes.

SÉBASTIEN : Il y aura nous deux. On s'arrangera pour qu'elle se sente à l'aise.

BÉATRICE : Bien sûr, mon amour. Bonne idée…

Elle prépare une vinaigrette pour la salade, pensive.

#17

Mia ne sait pas pourquoi elle s'était imaginé que ce serait différent.

Ça fait deux mois qu'elle n'est pas venue à Québec, mais elle a l'impression que ça fait deux secondes. Sa mère parle des mêmes vieilles choses idiotes et se soucie toujours autant du qu'en-dira-t-on. Elle piaille dans l'oreille de sa fille du matin au soir, comme si le fait de parler sans cesse de tout et de rien pouvait occulter le silence et les non-dits qui subsistent entre elles.

Si Mia avait un instant espéré plus de sincérité et d'authenticité de la part de sa mère, c'est peut-être que la distance lui avait fait oublier à quel point cette dernière ne voit que ce qu'elle veut bien voir. Tout est dans les apparences, et rien n'est dans l'honnêteté.

Mia aurait envie de crier, de hurler, de faire sortir la vérité de la bouche de sa mère coûte que coûte, mais elle ne s'en sent pas la force. Elle a eu ce qu'elle voulait : une porte de sortie. Le début du cégep lui avait permis une fuite complète, et c'est presqu'en courant qu'elle s'était rendue à Montréal. Elle aurait fait la route à pied, s'il l'avait fallu.

Elle sait qu'elle se plaint un peu pour rien, et que des tonnes de jeunes ont eu des enfances plus dures que la sienne. Elle n'a connu ni négligence, ni violence ; elle a même eu une enfance relativement heureuse et paisible, jusqu'à... Jusqu'à récemment. Jusqu'à ce que le mensonge fasse éclater la perception qu'elle avait de sa vie. Parce que ce n'était qu'une perception, finalement. La vérité était autrement plus moche… Plus minable… Plus pathétique.

Mia n'a envie de revoir personne à Québec, aucun de ses anciens amis, qui lui poseraient des questions, qui voudraient savoir. Elle se terre donc chez elle, et quand elle n'en peut plus d'entendre sa mère pérorer, elle sort marcher des heures durant, sur les Plaines, sur les remparts, sur les grands boulevards déserts, tôt le matin, sous la pluie froide qui semble ne jamais vouloir cesser.

Elle compte les minutes jusqu'à son départ. Elle a songé à le devancer, à rentrer samedi soir au lieu de dimanche, mais elle se dit qu'elle doit faire un effort pour sa mère, et que ce week-end passé chez elle lui achètera la paix au moins jusqu'à Noël.

Debout sur un monticule de terre surplombant le fleuve immense, elle donne des coups de pied rageurs dans les cailloux.

#18

Tout se passe bien. Tout se passe quand même bien. La salle à manger de l'appart n'est pas aussi chic que celle chez Astrid, mais avec les chandelles, la belle nappe dénichée dans un meuble et la lasagne de sa mère qui trône au centre de la table, Béatrice juge que l'effet est acceptable.

Elle est assise à un bout de la table, et Sébastien à l'autre. C'est dommage qu'ils soient en nombre impair; Béatrice trouve que ça déséquilibre la table qu'il n'y ait pas le même nombre de personnes de chaque côté. Et puis, il y a trop de filles pour le nombre de garçons. Elle aurait de loin préféré un dîner de couples, mais aucun des membres de leur groupe n'a de chum ou de blonde. Peut-être que la prochaine fois, elle devrait suggérer à Sébastien un dîner avec Emma et Théo. Elle est tellement contente d'être enfin en couple en même temps que sa grande amie ! Cela équilibrera leur relation. Elles auront toutes les deux des choses à se raconter, et seront toutes les deux occupées avec leur chum.

Le vin coule à flots. Béatrice trouve que ses invités se resservent un peu vite; Ludovic joue au maître d'hôtel et remplit les verres après chaque gorgée ou presque. Pas que ça la dérange, d'ordinaire, mais elle doit s'assurer que leur dîner ne devienne pas assez bruyant pour alerter Marie-Pier, la tante d'Emma, qui habite au-dessus. Béatrice l'a entendue marcher à l'étage un peu plus tôt; elle sait donc que, malheureusement, Marie-Pier n'est pas sortie ce soir.

Et le bruit des conversations monte sans cesse. Béatrice essaie de parler plus bas, espérant que ses amis suivront son exemple. Mais ça semble être peine perdue.

RAPHAËLLE (assise à ses côtés): Pourquoi tu chuchotes? J'entends rien !

BÉATRICE: Je ne chuchote pas. Je parle avec une voix normale.

JUSTINE (les interrompant): Noémie ! Avoue que notre dernier tableau va être trop cool !

NOÉMIE : J'aime vraiment ça. Vous vous êtes surpassées, les filles.

BÉATRICE : De quoi vous parlez ?

NOÉMIE : Pour le défilé de mode. Justine et Astrid ont créé une chorégraphie géniale pour le dernier tableau.

BÉATRICE : C'est quoi ?

JUSTINE : Tu verras ! ! On veut garder l'effet de surprise pour le soir même.

Le défilé étant dans plusieurs mois, Béatrice trouve ça un peu moyen que les filles en parlent autant pour finalement ne rien lui en dire. Mais elle sait que c'est elle qui a refusé de participer au comité. Décision qu'elle regrette de plus en plus... C'est bien beau, les grands principes, mais ça rend sa vie sociale un peu compliquée.

Astrid se retourne vers Justine.

ASTRID: J'ai reçu un texto de Luke. Justin et lui seront au Flyjin ce soir.

JUSTINE : Trop cool ! À quelle heure ?

ASTRID : Je ne lui ai pas demandé.

JUSTINE : Tu lui as dit qu'on y allait, au moins ?

ASTRID : Non. J'ai juste répondu avec un emoji en train de réfléchir. Il faut créer du suspense, non ?

JUSTINE : Ha ! ha ! Trop fort ! Alors on y va vers quelle heure ?

ASTRID : Je vais repasser chez moi me changer. Je ne suis pas assez chic pour sortir. Je pensais qu'on faisait juste une petite soirée tranquille.

Béatrice est insultée. Ce dîner pour lequel tout le monde a tant insisté, pour lequel elle a pris tant de risques, une petite soirée tranquille ! Elle qui croyait que c'était spécial et important.

À ce moment, de l'autre bout de la table, Sébastien lui sourit. Elle se dit qu'au moins, c'est spécial et important pour eux deux, et c'est ça qui compte.

JUSTINE : Bonne idée. Moi aussi, je vais me changer. Donc on part d'ici dans une demi-heure, environ ?

Une demi-heure ? Elle n'aura même pas servi le dessert dans une demi-heure.

Les pensées de Béatrice sont interrompues par un éclat de rire qui provient de l'autre bout de la table. C'est Florence qui rit à gorge déployée, encore plus superbe qu'à son habitude à la lumière des chandelles. Béatrice remarque que Thomas regarde Florence avec des yeux brillants. Ça ferait peut-être un bon *match,* ces deux-là ? Tiens… Sébastien aussi la regarde avec des yeux brillants. Florence a vraiment dû dire quelque chose d'extraordinaire. Béatrice aimerait vraiment savoir de quoi ils parlent. Mais ils sont assis si loin qu'elle ne les entend pas.

Ce n'était peut-être pas une bonne idée, finalement, d'asseoir Sébastien à l'autre bout de la table. Elle trouvait que ça faisait super chic, super adulte, qu'ils président tous les deux, assis à la tête de la table, comme le font ses parents lors de leurs dîners avec leurs amis. Mais ça les empêche d'être vraiment ensemble.

Béatrice se lève pour se rendre à la cuisine, faisant un geste de la tête discret à Sébastien afin de l'inviter à la suivre. Celui-ci ne semble pas comprendre parce qu'il reste captivé par sa conversation avec Florence et Thomas. Béatrice reste plantée là comme un poteau, les bras ballants. Elle est gênée, mais heureusement, personne ne semble l'avoir remarqué. Ce qui est peut-être plus triste encore, elle qui était censée être la reine de la soirée…

Elle soupire, puis se résout à taper sur l'épaule de Sébastien afin d'attirer son attention. Celui-ci se retourne, surpris.

BÉATRICE : Mon amour, pourrais-tu m'aider à la cuisine, s'il te plaît ?

SÉBASTIEN : Avec quoi ? La lasagne et la salade sont déjà sur la table.

BÉATRICE : C'est pour la fondue au chocolat.

SÉBASTIEN : La fondue au chocolat ? On n'a même pas fini nos assiettes !

BÉATRICE (en lui faisant de gros yeux) : J'aurais besoin de ton aide à la cuisine.

Sébastien se lève et la suit à contrecœur.

Une fois dans la cuisine, Béatrice ferme la porte afin de s'assurer qu'ils ne seront pas entendus.

BÉATRICE : Tu passes une belle soirée ?

SÉBASTIEN : Ben oui, mais c'est quoi l'urgence, là ?

BÉATRICE : J'avais besoin de te parler.

SÉBASTIEN : T'aurais pu attendre qu'on finisse notre conversation.

BÉATRICE (conciliante) : C'est vrai.

SÉBASTIEN : Alors, qu'est-ce qu'il y a ?

BÉATRICE : Rien, j'avais juste envie qu'on se retrouve, tous les deux. On aurait dû s'asseoir ensemble. Là, tu passes plus de temps avec Florence qu'avec moi.

SÉBASTIEN : Oh non, ne me dis pas que tu vas commencer avec ça !

BÉATRICE : Commencer avec quoi ?

SÉBASTIEN : Tu sais que je ne tolère pas la jalousie. Mon ancienne blonde passait sa vie à péter des câbles chaque fois que j'adressais la parole à une autre fille. Je pensais que notre couple était plus mature que ça.

BÉATRICE : Ben non, c'est pas de la jalousie, voyons !

SÉBASTIEN : Tu m'interromps en pleine conversation, et tu me traînes à la cuisine comme un enfant pour me dire que je parle trop à une autre fille. Si c'est pas de la jalousie, c'est quoi ?

BÉATRICE : Ça n'a rien à voir avec Florence. Je voulais juste qu'on profite du dîner pour passer du temps ensemble, c'est tout. Il me semble qu'on ne s'est pas beaucoup vus, récemment. Tu répètes beaucoup pour la pièce et…

SÉBASTIEN : Béatrice, tu le sais à quel point c'est important pour moi, la pièce de théâtre. Et c'est Benoit qui m'a dit de répéter avec Florence. Et toi aussi !

BÉATRICE : Je le sais ! C'est pas juste ça. C'est tout : le hockey, les études. Moi aussi, j'ai été occupée !

SÉBASTIEN : Peut-être qu'au contraire, t'es pas assez occupée. Si tu avais plus de projets, toi aussi, tu serais plus indépendante.

BÉATRICE (offusquée) : Je fais la pièce de théâtre, moi aussi !

SÉBASTIEN : Oui, mais ton rôle est plus petit. Pourquoi tu aiderais pas les filles avec le défilé ? Ça a l'air de les tenir super occupées.

BÉATRICE : Ben… Au début, j'ai dit non, pour ne pas blesser Emma. Et là, elles sont trop avancées et elles ne veulent pas que je participe.

SÉBASTIEN : Ben là, je sais pas quoi te dire.

BÉATRICE : … que tu m'aimes ?

SÉBASTIEN (la prenant dans ses bras) : C'est sûr que je t'aime, mon oiseau. Tu le sais.

Béatrice sent une pointe d'hésitation dans sa voix et veut crever l'abcès.

BÉATRICE : Mais... ?

SÉBASTIEN : Mais j'ai besoin de respirer un peu.

BÉATRICE (alarmée) : Ça veut dire quoi, ça ?

SÉBASTIEN : Ça veut absolument rien dire. Ça veut juste dire que tu ne dois pas t'inquiéter autant. Sois plus *chill*.

Pas évident d'être *chill* quand l'amour de ta vie vient de te dire qu'il a besoin de respirer...

À ce moment, Béatrice, déjà pas du tout *chill*, entend une musique assourdissante en provenance du salon. Elle part rapidement voir de quoi il retourne. Sébastien la suit.

RAPHAËLLE : Vite, Béa ! Astrid et Justine font leur chorégraphie du dernier tableau !

En effet, Astrid et Justine se déhanchent comme des top-modèles dans le corridor, au son de la chanson *Pound the Alarm*, de Nicki Minaj. Lorsque le bruit de la sirène retentit, Astrid et Justine tournent sur elles-mêmes et commencent une danse sexy, face à face.

Béatrice doit crier à tue-tête pour tenter de se faire entendre. Elle dépasse les deux filles qui continuent de danser et se rend au salon où elle trouve Ludovic, qui a placé son téléphone à côté des gros haut-parleurs Bose.

BÉATRICE : Baisse le son !

LUDOVIC : Quoi ?

BÉATRICE : Stop la musique !

Ludovic hausse les épaules puis baisse le son. On entend les filles, mortes de rire dans le corridor après leur performance. Béatrice retourne les voir, à moitié pour les engueuler d'avoir fait autant de bruit et à moitié pour s'excuser d'avoir interrompu leur performance. Elle qui a voulu organiser ce dîner pour avoir l'air plus cool auprès de ses amis, c'est raté.

À ce moment, la porte d'entrée s'ouvre et claque aussitôt.

Emma et Rosalie entrent dans l'appartement.

Béatrice a l'impression que le cœur lui tombe dans les talons.

#19

Emma n'en croit pas ses yeux. Ni ses oreilles. Ni aucun de ses cinq sens qui lui confirment pourtant que Béatrice a bel et bien organisé un party dans son dos ! Et qu'elle lui a menti ! Dix fois plutôt qu'une !

Le son de la musique était si assourdissant qu'Emma l'a entendu avant même de mettre la clé dans la serrure. Là, dans le silence qui règne soudainement, Astrid et Justine continuent de se trémousser et de ricaner comme les bécasses qu'elles sont.

Emma se tourne vers Béatrice, frémissante de rage.

EMMA : Béatrice Lefebvre ! Tu te fous de moi ?

BÉATRICE (prise au dépourvu) : Emma ? Qu'est-ce que tu fais là ?

EMMA : C'est moi qui devrais te poser la question. Qu'est-ce que tu penses que tu fais ?

BÉATRICE (en bafouillant) : C'était juste un petit dîner bien tranquille. Ça s'est décidé à la dernière minute, et...

EMMA : À la dernière minute, mon cul ! Ça fait des jours que tu me mens, et tu le sais très bien !

BÉATRICE (tentant de préserver les apparences) : Voyons, il n'y a pas de quoi en faire un plat. Voulez-vous vous joindre à nous pour le dessert ? Comment ça se fait que vous rentrez si tôt ?

ROSALIE : Jay a eu une extinction de voix. Ils ont reporté le spectacle à la semaine prochaine.

BÉATRICE : Ah, dommage. Vous irez le week-end prochain !

ROSALIE : Non, parce que la semaine prochaine, c'est votre randonnée pédestre.

BÉATRICE : Ah, zut, je suis tellement désolée, Emma ! Peut-être que tu vas pouvoir changer ton week-end, pour la randonnée ?

EMMA (se retenant d'exploser) : Béatrice, on s'en fout de la randonnée. On s'en fout même du spectacle. Tu veux bien me dire ce qui t'a pris ? Je n'en reviens pas !

À ce moment, la porte menant à l'appartement du dessus s'ouvre et la tante Marie-Pier fait son entrée. Son regard déçu se pose d'abord sur Emma, puis sur Béatrice. Elle s'avance vers elles, contournant Astrid, Justine et Raphaëlle qui continuent de déconner dans le corridor, et Ludovic, Thomas, Sébastien, Florence et Noémie qui les regardent, ne sachant pas quoi faire.

MARIE-PIER : Les filles, je suis vraiment déçue de vous. Mon plancher en tremblait ! On s'était parlé, avec vos parents, au début de l'année, et c'était pas ça notre entente. On avait clairement dit pas de party. Je vais devoir les appeler.

EMMA : C'était pas moi ! C'était elle !

Elle pointe Béatrice d'un doigt accusateur.

MARIE-PIER : Je vois une dizaine de personnes dans un party, dont toi, Emma. J'aime pas que tu rejettes la faute sur les autres.

BÉATRICE : C'était pas un party, c'était un dîner !

MARIE-PIER : J'ai peut-être plus dix-sept ans, mais dans mon monde à moi, de la musique forte, de l'alcool et des gens qui dansent, c'est un party.

BÉATRICE : Ça devait juste être un dîner tranquille ! Et pendant que j'étais à la cuisine, les filles ont mis de la musique super fort. Je suis arrivée en courant pour leur dire de baisser le son !

MARIE-PIER : Les filles, vous savez que j'ai tendance à être compréhensive, mais j'ai vu ce que j'ai vu. Je ne serais pas une personne intègre si je n'appelais pas vos parents. Et je vais vous demander d'inviter vos amis à continuer la soirée ailleurs.

ASTRID (passant devant elles pour se diriger vers la sortie) : Nous, de toute façon, on se pousse. L'ambiance est super lourde ici. Vous venez, les filles ?

SÉBASTIEN (s'approchant de Béatrice pour l'embrasser) : Nous aussi, on va y aller.

BÉATRICE (avec des larmes dans les yeux) : Je suis vraiment désolée.

ASTRID : Vous venez au Flyjin ? Luke m'a texté pour me dire qu'il m'a mise sur la *guest list* avec un +5.

LUDOVIC : Cool !

Ils semblent tous mettre un temps fou à enfiler leurs bottes, leurs manteaux et leurs écharpes. Astrid et Justine continuent de discuter comme si de rien n'était. Elles parlent gaiement de leur soirée à venir et des joueurs de hockey qui les attendent. Marie-Pier les regarde, les bras croisés. Béatrice semble vouloir s'enfoncer sous terre. Et Emma bouillonne tellement à l'intérieur qu'elle pourrait exploser comme un volcan.

Sa soirée de cadeau d'anniversaire, à l'eau ! Après l'annulation du spectacle, elle était ultra déçue. Rosalie lui avait bien proposé de sortir prendre un verre, voir un film ou aller écouter un groupe de musique, mais Emma avait décidé qu'elle préférait terminer la soirée à la maison, avec Béatrice. Elles étaient passées acheter de la bière, des chips et un gâteau congelé McCain – tout pour passer une bonne soirée de filles à potiner et à rire.

Et voilà que Rosalie se fait chasser par Marie-Pier elle aussi, même si elle n'a rien à voir là-dedans. Quelle injustice ! Il tarde à Emma de rétablir les faits, mais elle décide d'attendre que les Snobinours aient enfin quitté sa maison. Elle ne veut pas supporter leur présence une minute de plus, ni se donner en spectacle devant elles.

Quand la porte se referme enfin et qu'elles sont seules dans l'appartement toutes les trois, Emma explose.

EMMA: T'es vraiment une traître de premier niveau, Béatrice Lefebvre. J'en reviens juste pas !

BÉATRICE (sur la défensive): Tu dramatises !

EMMA: Je te l'avais dit ! Je te l'avais dit que je ne voulais pas que tu le fasses, ton foutu dîner !

BÉATRICE (se tournant vers Marie-Pier): C'était juste un dîner. Pas besoin d'appeler nos parents pour ça...

EMMA: C'est tout ce qui t'inquiète, tes parents ? Et ta meilleure amie à qui t'as joué dans le dos, ça t'inquiète pas ? Ben, je vais te dire quelque chose, ma grande: ça devrait ! Et mes parents, moi, Marie-Pier, appelle-les, ça va me faire plaisir ! En fait, je vais les appeler moi-même ! J'en reviens pas. J'en reviens juste pas.

Elle marche d'un pas rageur vers sa chambre en prononçant ces paroles et elle claque la porte.

#20

Marie-Pier se tourne vers Béatrice avec un air plus doux au visage.

MARIE-PIER : Veux-tu m'expliquer ce qui s'est passé ?

À ces mots, prononcés avec gentillesse, Béatrice éclate en sanglots. Marie-Pier la prend dans ses bras et la serre contre elle. Elle la berce longtemps pendant que Béatrice pleure à chaudes larmes. Tout ça pour ça !

Tout ça pour un dîner où Sébastien lui a à peine parlé, où il lui a dit avoir besoin de respirer, où les filles l'ont laissée tomber pour une soirée plus glamour… Et maintenant, Emma qui est en colère et sa mère qui va apprendre qu'elle lui a menti !

Béatrice renifle un peu. Marie-Pier se rend au salon chercher une boîte de mouchoirs qu'elle lui tend. Béatrice se mouche brièvement.

MARIE-PIER : Qu'est-ce qui se passe, ma chouette ?

BÉATRICE (en reniflant) : C'est que… Sébastien et moi, on voulait faire un petit dîner tranquille ici. Recevoir nos amis qui nous reçoivent souvent. Quand j'en ai parlé à Emma, elle s'est mise à paniquer, parce qu'elle avait peur que tu penses que c'était un party.

MARIE-PIER : Et c'est ce qui est arrivé…

BÉATRICE : Oui, mais c'était pas de ma faute ! Les filles ont décidé de mettre la musique fort pendant que j'étais à la cuisine. Elles voulaient nous montrer une chorégraphie pour le défilé de mode.

MARIE-PIER: Peut-être, mais revenons en arrière. Donc tu voulais faire un dîner, mais Emma ne voulait pas…

BÉATRICE: Ben… J'ai fini par décider de le faire quand même. Un soir où elle n'était pas là. Je me suis dit que comme ça, au pire, si je me faisais prendre, c'est pas elle qui se ferait blâmer.

MARIE-PIER: Mais elle était là, pourtant?

BÉATRICE: Elle venait d'arriver quand tu es descendue. L'humoriste qu'elle devait aller voir en spectacle a eu une extinction de voix et elle est rentrée plus tôt que prévu.

MARIE-PIER: Bon. Qu'est-ce que je fais avec ça, maintenant?

BÉATRICE: As-tu vraiment besoin d'appeler nos parents? Tu vois bien que l'intention c'était pas de faire un party! C'était juste un dîner, avec cinq minutes d'inattention.

Marie-Pier soupire.

MARIE-PIER: Je pense que tu devrais surtout te préoccuper d'Emma. Elle avait l'air vraiment blessée.

BÉATRICE: Je sais… Je vais lui parler.

MARIE-PIER: Pour tes parents… Laisse-moi y penser. Je te préviendrai si je les appelle, OK?

BÉATRICE: C'est vraiment gentil de ta part! Merci, merci! Je te jure que tu ne le regretteras pas.

MARIE-PIER: Je n'ai pas encore décidé si j'allais les appeler ou pas.

BÉATRICE: Je sais, mais juste que tu prennes le temps d'y penser, j'apprécie. Le calme va régner ici, tu vas voir!

MARIE-PIER: Et à l'avenir, dis-toi qu'un dîner à dix personnes, ça compte comme un party.

BÉATRICE: T'as raison... Je le referai plus, promis!

Marie-Pier remonte chez elle à l'étage, pendant que Béatrice frappe doucement à la porte de la chambre d'Emma. Celle-ci ne répond pas. Béatrice décide de lui donner un peu de temps pour se calmer. Elle retourne vers la salle à manger, découragée.

Son découragement se transforme en désespoir lorsqu'elle constate l'état de la pièce: un verre de vin s'est renversé, tachant la belle nappe; les assiettes ont été laissées au hasard, pleines de nourriture; les chandelles ont fondu, laissant des coulées de cire sur le buffet; le fond de lasagne s'est durci et le plat prendra des heures à récurer. Béatrice retient une envie de pleurer. Elle s'était imaginé terminer la soirée avec Sébastien, à faire la vaisselle à deux en écoutant de la musique et en sirotant un verre de vin. Voilà qu'elle se retrouve plutôt, telle Cendrillon, à devoir nettoyer derrière tout le monde, tandis que ses invités sortent dans un bar à la mode avec des joueurs de hockey.

Même Sébastien y est allé! À moins qu'il soit rentré chez lui pour pouvoir l'appeler et parler tranquillement de ce qui vient de se passer? Elle compose son numéro mais il ne répond pas. Elle lui envoie un texto.

«Mon amour, ça va? Je suis vraiment trop désolée pour ce soir. xx»

Elle attend quelques instants, les yeux fixés sur son écran. Rien.

« Je pense que ça va aller. Marie-Pier appellera sûrement pas mes parents. Fiou ! xx »

Toujours rien.

« Tu es sorti avec la gang ? Je pourrais peut-être vous rejoindre après avoir fait la vaisselle ? xx »

Silence.

#21

Emma a mal dormi. Malgré cela, elle est réveillée de bon matin. Elle reste dans son lit, ne voulant surtout pas croiser Béatrice. Elle ne sait vraiment pas ce qu'elle lui dirait. La nuit, loin de l'apaiser, a donné une nouvelle ampleur à sa colère. Comment Béatrice a-t-elle pu lui faire ça ?

Emma regarde son téléphone. Sur Instagram, elle trouve des photos du soi-disant dîner/réel party qui a eu lieu chez elle hier soir. On y voit Astrid qui boit du mousseux au goulot, assise à la table de leur salle à manger. Qu'est-ce qu'Emma va dire à ses amis, maintenant ? Eux qui ont toujours voulu organiser des soirées chez elle !

En parcourant son fil, elle trouve une photo de la fameuse soirée au Flyjin. Ils y sont tous : les Snobinours, Sébastien, et même Florence. Emma voit que Béatrice a déjà *liké* la photo. Ça veut dire qu'elle est réveillée, elle aussi.

Emma n'a vraiment pas envie de lui parler. Mais elle connaît assez bien son amie pour savoir qu'elle ne quittera pas l'appartement sans s'être au moins excusée. Vaut peut-être mieux se débarrasser de ce moment désagréable. Et puis, elle a une sacrée envie de faire pipi.

Emma se lève donc, ne se gênant pas pour faire du bruit. Elle se rend à la salle de bains, va aux toilettes et se démaquille devant le miroir, elle qui était trop fâchée pour prendre le temps de le faire avant de se coucher hier soir.

Lorsqu'elle a terminé, elle se dirige vers la cuisine où elle trouve Béatrice en train de verser du lait chaud dans deux cafés.

BÉATRICE (l'air contrit) : Tiens, c'est pour toi.

Emma prend le café sans dire un mot.

BÉATRICE : Emma, je ne trouve pas ça cool. Je commence à être inquiète. J'ai texté Sébastien plein de fois hier, et il ne m'a pas répondu. Penses-tu qu'il est fâché à cause d'hier soir ?

EMMA : Pardon ? Tu t'inquiètes de savoir si lui est fâché ? Et moi, là-dedans ?

BÉATRICE : Ça va aller. J'ai parlé à ta tante. Je ne pense pas qu'elle va appeler nos parents.

EMMA : J'en ai rien à foutre, qu'elle les appelle ou pas !

BÉATRICE : Mais c'était ça qui t'inquiétait ! C'était pour ça que tu voulais pas que je fasse le dîner !

EMMA : Au départ, oui ! Mais là, ce qui m'écœure, c'est que tu m'aies menti ! Tes histoires de travail d'histoire à finir, ça me donne envie de vomir. Tu me racontes les mêmes mensonges qu'à tes parents. Te rends-tu compte, Béa ?

BÉATRICE : Je suis vraiment désolée de t'avoir menti. Sincèrement. Mais qu'est-ce que tu voulais que je fasse ? Je n'arrivais pas à te convaincre…

EMMA : Ben, c'est simple : je voulais que tu respectes mon point de vue et que tu n'en fasses pas, de dîner !

BÉATRICE : Sébastien y tenait vraiment. Tu comprends pas comment c'est, t'as jamais eu…

EMMA : Quoi ? Tu vas me dire que j'ai jamais eu de chum aussi sérieux ? Ben là, il se trouve que j'en ai un. Et il se trouve qu'il ne me pousse pas à mentir à mes parents et à ma meilleure amie !

BÉATRICE : Si tu voulais faire un dîner ici avec Théo et ses amis, ça ne me dérangerait pas.

EMMA : C'est pas ça la question ! La question, c'est que tu m'as joué dans le dos ! Voyons, Béa ! T'es assez intelligente pour comprendre ça !

BÉATRICE : Je suis assez intelligente pour comprendre que tu ne veux rien faire pour m'aider à sauver ma relation !

EMMA : Comment, sauver ta relation ? Est-ce qu'elle est en danger ?

BÉATRICE : Non... Je ne pense pas. Sébastien dit que je panique pour rien.

EMMA : Oui, tu paniques pour rien ! Et t'as pas les priorités à la bonne place.

BÉATRICE : Je m'excuse, Emma. Pour de vrai. Est-ce que tu voudrais qu'on aille manger ensemble ce matin ?

EMMA : T'es malade ?

BÉATRICE : Hein ?

EMMA : Tu réalises peut-être pas entièrement à quel point je suis en colère. Laisse-moi t'expliquer ça en mots clairs que tu comprendras : Je. Ne. Te. Parle. Plus.

Emma saisit son café, retourne dans sa chambre et claque la porte.

Quel culot, cette Béatrice ! Vraiment ! Emma était sûre et certaine que son amie allait se prosterner à ses pieds en s'excusant. Elle avait d'ailleurs souri en voyant le café que cette dernière lui préparait. Mais Béatrice ne s'est pas excusée convenablement, loin de là ! Elle semblait vouloir trouver plein de justifications à ses actions et se préoccupait plus de Sébastien que de sa meilleure amie !

Emma saisit son téléphone et envoie un texto rapide à Théo. Celui-ci l'invite tout de suite chez lui. Emma s'habille en vitesse et sort de l'appartement.

En marchant vers l'arrêt d'autobus, elle reçoit un texto de Rosalie. Elle décide de la rappeler plutôt que d'écrire sa frustration.

ROSALIE : Allo ?

EMMA : Allo.

ROSALIE : Ça va, toi ?

EMMA : Non, ça va pas.

ROSALIE : Qu'est-ce qu'il y a ?

EMMA : Il y a que je me tape une énorme dispute avec ma coloc.

ROSALIE : Tu savais pas qu'elle faisait son dîner ?

EMMA : Ben non, je savais pas ! On rentrait pour passer une petite soirée tranquille avec Béa, tu te souviens ? Et je lui avais dit que je ne voulais pas qu'elle en fasse un.

ROSALIE : C'est vraiment pas correct.

EMMA : Non, vraiment pas.

ROSALIE : Tu sais, cette fille-là... Je trouve pas que c'est une bonne amie pour toi. Aïcha et moi, on en a souvent parlé.

EMMA : Je sais que vous critiquez tout le temps Béatrice et j'ai jamais aimé ça. Mais là…

ROSALIE : Elle fait toujours passer son chum avant toi ! C'est pas correct, ça.

EMMA : J'avoue…

ROSALIE : Tu fais quoi, là ? Ça te tente de venir chez moi ?

EMMA : Ben… Je suis en route vers chez Théo.

ROSALIE (déçue) : OK, alors… À plus !

En arrivant chez Théo, Emma repense à leur conversation de la veille. Il lui a clairement dit qu'il aimerait faire l'amour bientôt. Et elle souhaitait en parler avec Béatrice, bénéficier de ses conseils, lui faire part de ses hésitations… Maudite Béatrice !

Heureusement, Théo est très doux ce jour-là et ne lui met aucune pression. Ils passent l'après-midi à aider sa petite sœur à décorer une citrouille d'Halloween et à regarder des épisodes de *How I Met Your Mother* sur Netflix en mangeant des bonbons.

Emma rentre chez elle de bonne humeur, calmée, mais toujours pas disposée à pardonner la trahison de son amie.

#22

C'est enfin le jour des élections étudiantes. Mia a l'impression d'avoir attendu ce moment depuis des siècles. Gagne ou perd, ce qu'elle veut, c'est être fixée.

Elle a voté de bon matin, souhaitant éviter de croiser les autres candidats. Depuis, elle se terre à la bibliothèque entre ses cours et surveille compulsivement le portail du collège pour voir si les résultats ont été annoncés. Elle qui avait depuis longtemps cessé cette mauvaise habitude, elle se surprend à se ronger les ongles jusqu'au sang, à un point tel que son index gauche lui fait mal.

Vers 15 h 30, elle reçoit enfin le courriel qu'elle attendait: «Résultats des élections pour le conseil étudiant».

Elle l'ouvre en retenant son souffle. Avec la tension qui règne sur sa relation avec Xavier et Jimena, elle n'est même plus sûre de vouloir être élue.

Elle pousse un long soupir.

Elle n'a pas été élue.

Le nouveau conseil étudiant est composé de Marco, de Henri et de... Jimena.

Mia est contente pour elle, mais elle ne peut s'empêcher d'être déçue. Malgré son ambivalence, elle a travaillé très fort pour se préparer aux élections. Et qu'est-ce que... Qu'est-ce que tous les autres vont penser? Ceux qui l'ont aidée à se préparer, qui croyaient en elle?

Elle reçoit un nouveau courriel. De Guillaume Lapré. Il est titré «Félicitations». Curieuse, elle l'ouvre.

« Félicitations, Mia ! Tu as mené une belle campagne, intègre et sincère. »

Elle s'empresse de lui répondre. C'est la première fois qu'ils s'écrivent ainsi et ça lui fait tout drôle.

« Merci… C'est gentil. Je suis quand même déçue… »

« Je comprends. Mais toutes les expériences sont source d'apprentissage, même les plus décevantes. »

« Oui… Sur ce, je vais aller saouler ma peine… »

Mia envoie ce dernier message en se croisant fort les doigts. Elle se demande s'il osera s'inviter à l'accompagner. Elle a peur qu'il l'ait trouvée vraiment ringarde, l'autre fois, avec ses fausses cartes. Mais ce n'est quand même pas de sa faute si elle n'a pas encore dix-huit ans !

Elle relit son message, se demandant si elle aurait dû préciser qu'elle y allait seule. Peut-être s'imaginera-t-il qu'elle sort avec un groupe d'étudiants et n'osera pas se joindre à elle.

Zut de zut ! Elle aurait vraiment dû être plus transparente. Il ne répond plus.

Elle rafraîchit la page du portail, pestant parce qu'elle doit de nouveau inscrire son mot de passe.

Là, dans sa boîte courriel… un nouveau message !

« Je trouve qu'il n'y a rien de mieux que le saké pour saouler sa peine. Ça te tente de manger des sushis ce soir ? Il y a quelque chose dont j'aimerais te parler… »

Yes !

#23

Plus tôt ce matin-là, Béatrice marche sur des œufs dans l'appartement. Elle espère qu'Emma se sera un peu calmée après une bonne nuit de sommeil. Elle sait que ce n'est pas correct d'avoir menti à sa grande amie, mais cette dernière aurait pu chercher à comprendre à quel point c'était important pour elle d'organiser ce dîner et ainsi, elle n'aurait pas eu à le faire dans son dos. Même si Béatrice sait que c'est à elle de s'excuser, elle considère quand même qu'elles sont toutes les deux un peu dans leur tort.

Elle prépare un café à Emma et le lui apporte à pas de loup, tentant de ne pas la réveiller. Au moment où elle pose le café sur la table de chevet, l'alarme matinale du téléphone d'Emma se met à sonner, laissant entendre les premières notes de *Shiny Happy People* de R.E.M. C'est Théo qui la lui a installée pour qu'elle se réveille de bonne humeur et pense à lui. Béatrice est contente de savoir que son amie est en couple elle aussi; elle espère que ça l'aidera à mieux la comprendre.

BÉATRICE (en chuchotant): Je t'ai préparé un café.

Emma ne dit rien, elle se contente de grogner.

BÉATRICE (en s'assoyant sur le bord du lit): J'aimerais qu'on se parle avant de partir à l'école.

EMMA (les yeux toujours fermés): Je n'ai rien à te dire.

BÉATRICE: Emma! On ne va quand même pas rester fâchées!

EMMA: Je suis désolée, Béatrice, mais je n'ai rien à te dire. Pourrais-tu me laisser, s'il te plaît? Il faut que je me prépare.

Béatrice referme la porte derrière elle, déçue. Elle ne s'attendait pas à ce qu'Emma demeure fâchée si longtemps.

Elle se dit que le temps finira par régler les choses. Elle ne peut pas passer trop de temps à s'inquiéter pour Emma, parce qu'il y a autre chose de plus pressant: parler à Sébastien de sa soirée de samedi. Hier, dimanche, elle ne l'a pas vu parce qu'il avait un tournoi de hockey à Trois-Rivières et elle ne trouve pas que c'est un sujet qui s'aborde par texto.

Elle s'empresse donc de se rendre au cégep, prenant soin de bien se coiffer et choisissant une chemise bleu ciel qui fait ressortir le blond de ses cheveux.

Elle trouve rapidement Sébastien dans la grande salle. Elle l'enlace et l'embrasse.

BÉATRICE: Salut, mon amour, ça va?

SÉBASTIEN: Oui, et toi?

BÉATRICE: Alors ça a bien été, ton tournoi, hier?

SÉBASTIEN: Oui, c'était pas mal. On a gagné deux matchs. On a perdu le troisième, mais juste par un point.

BÉATRICE: Super. Écoute, il y a quelque chose dont je voulais te parler en personne...

SÉBASTIEN: C'est quoi?

BÉATRICE: Samedi soir... Quand vous êtes sortis... Pourquoi tu n'as pas répondu à mes textos?

SÉBASTIEN (agacé): La batterie de mon téléphone était à plat. Quand je suis rentré chez moi, ce soir-là, et que je l'ai branché, j'avais genre cent messages de toi ! Je t'avoue que je ne les ai pas tous lus.

BÉATRICE : J'ai juste trouvé ça un peu triste. Tu savais que j'étais dans le pétrin avec la tante d'Emma, et qu'Emma était fâchée contre moi. J'aurais vraiment eu besoin de te parler.

SÉBASTIEN : Je sais… C'est sûr que c'était nul comme situation. Je m'excuse, j'aurais dû t'appeler.

Béatrice sourit, satisfaite de ce *mea culpa*. Elle s'assoit à côté de Sébastien et appuie la tête sur son épaule.

SÉBASTIEN : Est-ce que tu te sens mieux ?

BÉATRICE : Tu sais ce qui me ferait du bien…

SÉBASTIEN : Quoi ?

BÉATRICE : Qu'on passe un peu de temps ensemble, tous les deux…

SÉBASTIEN : Après l'école ?

BÉATRICE : Parfait !

SÉBASTIEN : Ça ne sera pas malaisant si Emma est là ?

BÉATRICE : Si elle ne veut pas nous voir, elle restera dans sa chambre. Nous, on sera dans la mienne. De toute façon, elle a passé la journée chez Théo hier. Elle fera peut-être la même chose ce soir. Ça me fait un peu de peine qu'elle m'évite comme ça.

SÉBASTIEN : Au moins, ça nous donne du temps en tête-à-tête.

BÉATRICE : C'est bien vrai.

Béatrice sait qu'elle devra trouver une façon de convaincre Emma de lui pardonner. Mais chaque chose en son temps et un problème à la fois, comme le dit souvent sa mère.

Cet après-midi-là, alors que Béatrice se retrouve dans les bras de Sébastien, et qu'il s'endort comme à son habitude dans son lit après avoir fait l'amour, elle se dit qu'il n'y a rien au monde de si grave que ça, tant qu'elle a son chum.

#24

Mia entre dans le restaurant japonais, qui est plus chic que ce qu'elle avait imaginé. Elle est contente d'avoir étrenné pour l'occasion un top en dentelle noire qu'elle porte par-dessus un caraco. Elle est passée au magasin après les cours et a décidé sur un coup de tête de teindre la pointe de ses cheveux en rose. Elle sait que les papis et les mamies présents dans la salle risquent de ne pas approuver, mais elle s'en fout. Elle se sent libérée du stress de cette élection et elle veut plus que jamais être elle-même, coûte que coûte.

Guillaume l'attend sur une petite plateforme entourée de rideaux. Elle le salue puis s'assoit à terre devant la table, les jambes croisées.

GUILLAUME : J'ai déjà commandé une bouteille de saké et deux Sapporo.

MIA (en riant) : Essaies-tu de me saouler, toi ?

GUILLAUME : Pas du tout ! Mais on célèbre, non ?

MIA : Si tu veux voir ça comme ça... En fait, oui, on célèbre. Je suis soulagée de ne pas être coincée là avec deux gars qui veulent juste organiser des beuveries et une fille qui m'aime pas la face.

GUILLAUME (en levant son petit verre de saké) : À la tienne !

À ce moment, la serveuse, vêtue d'un kimono, tire le rideau et leur présente les plats du jour. Ils optent tous les deux pour le menu du chef, qui est créé chaque jour au gré des ingrédients et des envies du cuisinier. Mia a envie de tout goûter, de tout essayer. Rien ne peut ternir sa bonne humeur, même pas la serveuse qui lui demande ses pièces d'identité. Elle lui tend ses fausses cartes sans broncher. Guillaume non plus ne dit rien.

Ils boivent un bol de soupe miso et goûtent des edamames plus salés qu'un bol de chips. Mia trouve la bière japonaise très désaltérante. Elle n'est pas sûre d'aimer autant le saké, mais rien ne l'empêchera de profiter de sa soirée.

GUILLAUME : Tu sais, Mia… Il y a une raison pour laquelle je suis bien égoïstement content que tu ne sièges pas au conseil étudiant.

Mia, curieuse, l'interroge du regard.

GUILLAUME : C'est que je voulais t'inviter à embarquer dans un projet avec moi. Mais je savais que t'aurais pas le temps si tu étais au conseil.

MIA : Je suis vraiment intriguée. C'est quoi ?

GUILLAUME : C'est pour un forum sur l'inclusion et la diversité qui se prépare à Montréal, pour l'an prochain. On m'a demandé de présenter une conférence et de préparer un rapport de mon point de vue d'historien. Et je me cherche une assistante de recherche.

MIA : Pour de vrai ? Wow !

GUILLAUME : Si t'étais à l'université, ça pourrait compter comme un crédit pour un cours. Au cégep, malheureusement, ce n'est pas une option. Mais le projet a du financement et je serais capable de te payer. Juste le salaire minimum, mais c'est déjà ça. Qu'est-ce que t'en dis ?

MIA: J'en dis que ça serait super ! Merci pour ta confiance. Mais il faudrait que je fasse quoi, exactement ?

GUILLAUME : Ça dépend. Des fois, lire des textes et me résumer les idées principales. D'autres fois, assister à des rencontres, mener des entretiens. Tu sais, je veux me plonger dans les enjeux actuels liés à la diversité afin de pouvoir faire des liens pertinents avec le passé.

MIA (enthousiaste) : Mais c'est tellement intéressant !

GUILLAUME (souriant) : Je suis vraiment ravi que le sujet te parle.

MIA: Ça me parle tellement plus que de m'obstiner avec deux idiots sur le nombre de partys dans un cégep ! Wow, ça me fait un bien fou, ce dont tu me parles. J'ai envie de sortir de mon monde de privilégiés, un peu.

GUILLAUME : Tu m'as jamais vraiment parlé de ta famille, de la façon dont t'as grandi…

MIA (rougissant) : Ah, c'est pas ça que je veux dire du tout ! Mais juste en étant une personne blanche, qui est née en Amérique du Nord, qui a la chance d'être éduquée, je suis déjà une privilégiée.

GUILLAUME : C'est le bon point de vue avec lequel commencer la réflexion. Imagine moi, le pire du pire : un homme blanc ! J'en suis presque gêné.

MIA : Tu pourrais te mettre un peu d'autobronzant avant la première réunion.

Guillaume éclate de rire.

#25

Emma et Théo s'embrassent sur le sofa du sous-sol. Ils sursautent en entendant la mère de Théo qui les appelle du haut de l'escalier.

LA MÈRE DE THÉO (baissant la tête pour les regarder) : Bye, mon loup ! On s'en va !

THÉO : Ah, OK.

SA MÈRE : Tu te souviens, voyons ? Ton père et moi, on va à l'opéra ce soir.

THÉO : OK.

EMMA (plus polie) : Amusez-vous bien !

LA MÈRE DE THÉO : Merci, Emma. Il y a de la lasagne dans le frigo si vous en voulez. Théo, ta sœur est chez Maélie. Ça se peut qu'elle te texte pour que tu ailles la chercher.

THÉO : OK !

Sa mère remonte en grommelant. Les mots « ados » et « monosyllabiques » résonnent avant qu'elle referme la porte.

Emma donne une tape sur l'épaule de Théo en riant.

EMMA : Tu pourrais être plus gentil avec ta mère, toi !

THÉO : Moi ? Je suis super gentil avec ma mère. Mais si je l'encourage trop, elle va rester là et nous faire une conférence. Il y a des limites.

EMMA : T'es pas mal sévère, je trouve…

THÉO : Sévère ou pas, la bonne nouvelle, c'est qu'on a la maison à nous ce soir !

EMMA : C'est vrai que c'est une belle surprise !

THÉO : Tu as faim, toi ?

EMMA : Pas tant que ça, mais je devine que toi, oui.

THÉO : Pourquoi ?

EMMA : Parce que t'as tout le temps faim !

THÉO : C'est bien vrai. Une lasagne amoureusement préparée par mes soins, ça te tente ?

EMMA (en riant) : Tu veux dire amoureusement réchauffée au micro-ondes ?

THÉO : Exactement.

EMMA : Ça a l'air super bon.

Ils s'installent tous les deux à la cuisine. Théo place la lasagne au micro-ondes, puis il ouvre le cellier de ses parents. Il en sort trois bouteilles de vin rouge, qu'il place sur le comptoir avant de taper quelque chose sur l'écran de son téléphone.

EMMA : On va pas boire le vin de tes parents ?

THÉO : Si c'est des bouteilles de moins que vingt dollars, ça les dérange pas que j'en prenne. Tiens, celle-là va faire l'affaire ! Un valpolicella. Ça se marie très bien avec la lasagne.

EMMA : T'es sérieux, là, ou tu frimes ?

THÉO : Je frime complètement et totalement.

Emma éclate de rire.

N'empêche que le vin est bon et qu'ils lui font honneur en mangeant leur lasagne. Emma se sent vraiment bien avec Théo. Elle rit tout le temps, parfois pour rien, et elle sent qu'elle peut réellement être elle-même. Elle peut le taquiner, comme elle peut lui parler plus sérieusement. Elle ne pensait pas que ça pouvait être aussi chouette, d'avoir un chum. Qu'il pouvait devenir notre personne préférée au monde.

Quoiqu'en ce moment, la compétition n'est pas féroce... Béatrice l'a vraiment, profondément déçue. Et Rosalie et Aïcha ne semblent pas du tout comprendre l'intensité de sa relation avec Théo.

Emma se dit que ce n'est pas si grave, tant qu'elle, elle se comprend.

Après le repas, Théo dépose leurs assiettes dans le lave-vaisselle.

THÉO : On monte dans ma chambre ?

EMMA : Et le sous-sol, lui ?

THÉO : Le sous-sol peut prendre son trou. Mes parents ne sont pas là, on en profite !

Emma est curieuse d'entrer dans la chambre de Théo, qu'elle n'a pas visitée souvent. Elle n'a certainement jamais eu le temps de tout examiner comme elle le fait en ce moment.

Un certain désordre règne, mais un désordre normal de garçon. Il y a des jeans et des t-shirts jetés pêle-mêle sur une chaise; des livres ouverts un peu partout; deux ou trois tasses qui auraient de toute évidence besoin d'être rapportées à la cuisine. Emma aime imaginer Théo ici, dans son univers. Elle se plante quelques instants devant sa bibliothèque et examine les titres qui s'y trouvent.

EMMA : Wow, t'es un méga fan de Patrick Senécal, toi !

THÉO : Tellement. J'ai lu tous ses livres.

EMMA : Ne me dis pas que t'as lu la série *Game of Thrones* ?

THÉO : Au complet. Et chaque tome fait genre mille pages.

EMMA : T'es fou ! Ça aurait été plus rapide de regarder la série télé, tu sais.

THÉO : Bah, c'est pas pareil ! Il y a tout un univers dans les livres.

Théo place son téléphone près de son haut-parleur et sélectionne de la musique. On entend le son d'une guitare.

EMMA : C'est quoi ?

THÉO : Neil Young. Tu vas vraiment aimer ça. Ça me fait penser aux soirées autour du feu, cet été, au camp.

Il enlace Emma.

THÉO : Sauf qu'il y avait pas de filles, au camp...

Il l'embrasse dans le cou.

THÉO : Surtout pas de filles qui sentent aussi bon que toi...

Il détache les premiers boutons de sa chemise et l'embrasse sur le haut de la poitrine.

THÉO : Ni de filles qui avaient la peau aussi douce que toi...

Il continue de déboutonner sa chemise. Emma se laisse faire, envoûtée.

À force de lui dire des mots doux, Théo l'a déshabillée presque complètement. Elle est debout devant lui, ne portant plus que ses sous-vêtements. Étrangement, elle ne se sent pas gênée du tout, même si lui est toujours habillé.

Théo l'attire vers son lit et ils se couchent tous les deux en se collant l'un contre l'autre et en continuant de s'embrasser.

Théo lui caresse le dos. Il est doux et a de toute évidence l'intention de prendre son temps. C'est Emma, tout à coup, qui a envie de plus. Elle décide de prendre les choses en main.

EMMA (en lui chuchotant à l'oreille): Théo...

THÉO (doucement): Quoi?

EMMA: Je le trouve beau ton t-shirt, mais... ça serait bien que tu l'enlèves.

Théo sourit et retire son t-shirt.

EMMA: Et ton jeans, là... Ils est cool et il te va bien, mais... j'aimerais mieux voir tes jambes.

Théo s'empresse de retirer son pantalon.

Il porte un boxer serré gris pâle. Il se serre de nouveau contre elle. Ils se collent de la tête aux pieds, peau à peau.

Il ne reste que leurs sous-vêtements entre eux.

Emma prend son courage à deux mains.

EMMA: Et ton boxer, là... Ben, si tu penses que tu serais mieux sans, tu peux l'enlever.

THÉO: Est-ce qu'on se met sous les couvertures?

Emma acquiesce. Ils se glissent tous les deux sous la couette, puis elle devine que Théo a retiré son sous-vêtement. Elle fait de même avec les siens.

Il recommence à l'embrasser pendant que ses mains se baladent partout sur son corps. Emma a l'impression d'être en feu. Elle se colle contre Théo, ne voulant pas laisser un centimètre d'air entre leurs peaux.

Après de longs moments où ils se découvrent tous les deux, en prenant leur temps, Emma regarde Théo dans les yeux.

EMMA : Je suis prête.

THÉO : T'es sûre ?

EMMA : Vraiment sûre. Et toi ?

THÉO : Archi sûr.

Rien, pour Emma, ne ressemble à ce qu'elle avait connu avec d'autres garçons. Même le moment où il enfile un préservatif, qu'elle avait trouvé tellement gênant auparavant, lui paraît aujourd'hui naturel. Ils semblent vouloir les mêmes choses en même temps.

Ils bougent lentement. De temps à autre, ils se déplacent et essaient une nouvelle position. Emma n'avait jamais vécu cela ; ses anciens chums semblaient toujours trop pressés, une fois qu'ils avaient commencé. Théo, lui, prend son temps. Parfois, même, il s'interrompt pour la caresser, la regarder et l'embrasser.

À un moment, Théo, couché sur le dos, tient Emma sur lui et pose ses mains sur ses hanches. En bougeant doucement, elle sent monter en elle une sensation inconnue. En fait, une sensation qu'elle avait déjà ressentie seule, mais jamais avec un garçon. Et jamais aussi fort. Emma se sent trembler de partout, comme malgré elle, mais elle n'arrive pas complètement à apprécier ce qui lui arrive, car une partie d'elle se demande si Théo l'a remarqué, et ce qu'il a pensé.

Quelques instants plus tard, c'est au tour de Théo de se laisser aller. Ils restent longuement couchés l'un contre l'autre, sans parler.

Emma peine à reprendre son souffle. Elle n'avait jamais, jamais vécu d'expérience pareille. Cette envie qui l'a saisie, alors qu'elle n'avait pas fini de décider si c'était le bon moment pour le faire ! Et puis, ce qui lui est arrivé... Elle sait que c'est normal, que c'est souhaitable, mais elle ne sait pas si c'est habituel, si toutes les filles en ont tout le temps en couchant avec des garçons... Est-ce que ses relations d'avant avaient été particulièrement nulles, ou est-ce que c'est celle-ci qui est particulièrement exceptionnelle ?

THÉO (en lui donnant un bisou sur le nez): Tu penses à quoi ?

Aïe ! Emma n'oserait pas lui avouer les questions qu'elle se pose. Elle décide de demeurer vague.

EMMA: Je pense à toi...

THÉO: Juste des bonnes choses, j'espère ?

EMMA: Juste des très bonnes choses.

THÉO: Tu sais, Emma...

EMMA: Quoi ?

THÉO: C'est pas quelque chose que je dis facilement, mais...

EMMA: Mais quoi ?

THÉO: Je pense que... Je pense que je suis en train de tomber amoureux de toi.

Wow ! Emma ne s'attendait pas à ça. En tout cas, pas si vite. Ça faisait partie des règles de Rosalie, ça aussi. Ne pas dire à un garçon que tu l'aimes avant que lui ne te le dise. Elle avait dû se mordre la langue plus d'une fois.

À moins que Théo ne lui dise ça que parce qu'il se sentirait mal, sinon, d'avoir fait l'amour avec elle ?

Étrangement, Emma se sent plus confuse que calme. Comme si trop de choses lui étaient arrivées d'un coup. Sa première fois avec Théo ! La première fois où elle a ressenti « ça » ! La première déclaration d'amour de Théo !

Elle sait que tout ça, ce sont de bonnes nouvelles, mais elle ressent le besoin de démêler ses sentiments pour y voir plus clair.

Si seulement cette ?%$& de Béatrice... Emma aurait tellement besoin de parler de tout ce qui lui arrive à sa meilleure amie. Est-ce que c'est normal ? Est-ce qu'elle est normale ? Est-ce que tout arrive trop vite ? Est-ce que Théo est sincère ?

Et Théo qui la regarde, qui attend sa réponse...

Emma se dit qu'elle ne peut quand même pas ne pas lui répondre... Ça serait vraiment un impair.

Elle murmure « Moi aussi » et l'embrasse longuement.

#26

Mia ouvre le carnet Moleskine qu'elle s'est offert pour l'occasion. Elle voulait avoir l'air top professionnelle à côté de Guillaume. Pas question qu'elle soit perçue comme une jeune étudiante un peu perdue. Non, ici, à l'extérieur du cégep, Mia est une femme, l'assistante de recherche d'un prof réputé, une citoyenne engagée qui est à sa place au sein de ce groupe. Du moins, c'est l'impression qu'elle veut donner.

Quand Guillaume lui a demandé de l'accompagner à une rencontre de travail avec l'équipe d'un centre de recherche sur le racisme systémique, elle a dit oui tout de suite, même si elle avait prévu de passer la soirée à faire son travail de philo. Elle est tellement contente d'entrer enfin dans la vraie vie !

Plusieurs femmes prennent la parole, les unes après les autres. Mia prend des notes de manière compulsive. Elle n'est pas certaine encore de ce que Guillaume lui demandera de faire, mais elle veut être sûre d'être prête et d'avoir recueilli un maximum d'information.

Elle n'ose pas prendre la parole, même quand la directrice du centre invite tous ceux qui le désirent à le faire. Guillaume, lui, prend quelques minutes pour présenter son projet de comparatif historique de l'accueil réservé à différentes vagues d'arrivants au Québec.

GUILLAUME : C'est là où j'ai besoin de votre aide. Afin de pouvoir faire des parallèles significatifs, j'ai besoin de mieux comprendre la réalité contemporaine et les principaux enjeux, tant sur le plan institutionnel qu'humain. Ainsi, nous pourrons cartographier ce qui a changé et ce qui est toujours pareil.

LA DIRECTRICE : C'est un projet qui me semble très porteur. Nous nous ferons un devoir d'y contribuer.

GUILLAUME : C'est très apprécié. J'en profite pour vous présenter mon assistante de recherche, Mia Gendron. C'est elle qui sera responsable du volet contemporain de notre travail. Moi, je vais me pencher sur les sources historiques. C'est donc elle qui va vous contacter si elle a besoin de plus d'informations ou pour organiser des entretiens individuels.

LA DIRECTRICE : Ce sera avec plaisir.

Mia se contente de sourire. Guillaume et elle n'avaient pas vraiment eu le temps de se parler avant la réunion. Elle en apprend plus sur son rôle en même temps que les personnes rassemblées. Mais ce qu'elle entend ne lui déplaît pas. Enfin, elle aura la chance de faire une vraie différence !

Une fois la rencontre terminée, Guillaume et Mia sortent dans la nuit froide. Mia fait mine de se diriger vers la station de métro quand Guillaume l'interpelle.

GUILLAUME : J'ai ma voiture. Tu veux que je te dépose ?

MIA : Ben, OK.

GUILLAUME : Tu habites dans quel coin ?

MIA : Pas loin de… pas loin du cégep.

GUILLAUME : Donc pas loin de chez moi ?

MIA : Oui.

Ils montent tous les deux dans la Honda Civic de Guillaume. Il y règne un joyeux bordel, ce qui n'étonne pas Mia après avoir vu son bureau. Des tasses vides de café côtoient des emballages de barres tendres sur le siège du conducteur et sur le plancher.

GUILLAUME : S'cuse, mon auto est un vrai dépotoir.

MIA : C'est pas grave. T'as d'autres choses à faire dans la vie.

GUILLAUME : Je le sais ! Des fois, je me demande, les gens super ordonnés, ils font juste ça de leur temps ?

MIA : Je sais pas. Une de mes colocs est comme ça. Béatrice. Sa chambre est tout le temps hyper rangée. Je comprends pas.

GUILLAUME : Ta coloc ? T'es en appart ?

MIA : Oui.

Mia aime qu'il puisse l'imaginer vivant en appartement ; elle trouve que ça lui donne l'air plus mature.

GUILLAUME : Comment t'as trouvé ça, ce soir ?

MIA (enthousiaste) : Tellement intéressant ! Vraiment. Merci d'avoir pensé à moi.

GUILLAUME (avec le sourire) : Donc t'es prête à commencer le travail ?

MIA : Oui !

GUILLAUME : Aurais-tu du temps demain en fin d'après-midi ?

MIA : Oui. Je te rejoins à ton bureau ?

GUILLAUME : Hum… Peut-être qu'il ne vaut mieux pas.

MIA : Hein ?

GUILLAUME : Tu sais, avec tout ce dont on a parlé… La dernière chose que j'aurais envie de faire, c'est de lancer des rumeurs. Est-ce que ça te dérange ?

MIA : Ben, non, mais on va travailler où, alors ?

GUILLAUME : On peut se rejoindre dans des cafés ou des fois chez moi, si on a besoin de place ? J'ai une super grande table.

MIA : OK, ça me convient.

Tandis qu'il conduit, Mia indique de la main à Guillaume où tourner. Ils arrivent sur la rue Lacombe. Elle lui fait signe de ralentir.

MIA : Juste là.

Guillaume s'arrête en double file et laisse le moteur rouler. Dans l'intimité de la voiture, Mia se sent mal à l'aise. Est-elle censée lui faire la bise ? Ou simplement le saluer et sortir ? Elle perd ses repères avec lui et se questionne sur des choses qui devraient être tellement évidentes !

En fait, elle sait très bien qu'elle n'embrasserait aucun de ses autres professeurs et que si elle a pensé à ça, c'est parce qu'elle aimerait se rapprocher de lui…

Allez, Mia, se dit-elle, donne-toi un coup de pied au cul. Tu ne seras certainement pas la petite fille stupide qui fait les yeux doux à un gars inaccessible. Cette pensée la fouette. Elle grogne à peine un merci à Guillaume, saute de la voiture et claque la portière.

Elle monte les escaliers sans se retourner. Mais au moment de mettre la clé dans la serrure, malgré elle, elle lève les yeux et suit du regard la Honda Civic rouge qui s'éloigne au loin…

#27

BÉATRICE: Non, Emma, l'autre piquet ! Celui qui est à côté de ton pied !

Monter une tente avec quelqu'un qui ne nous adresse pas la parole, ce n'est pas super évident. Béatrice fait de son mieux pour garder sa bonne humeur, mais Emma et sa mauvaise foi ne l'aident vraiment pas. Dans l'autobus, Béatrice l'a entendue demander à Simon, leur moniteur, si elle pouvait changer de tente. Mais toutes les autres sont occupées par deux personnes qui ont choisi d'être ensemble. À moins de faire le tour de l'autobus en demandant à quelqu'un de changer de place, il n'y a pas vraiment moyen de les séparer. Béatrice trouve qu'Emma exagère un peu: oui, elles sont en froid, oui, Emma a quand même des raisons d'être fâchée, mais de là à préférer dormir avec une inconnue !

Béatrice insère un piquet dans la terre puis tape dessus avec son pied pour le faire pénétrer plus profondément. Elle espère vraiment que ces deux jours passés ensemble, loin de tout, permettront d'adoucir leur relation.

BÉATRICE: Emma, peux-tu tirer un peu plus fort de ton côté ? Il me semble que la tente n'est pas droite.

EMMA (en marmonnant): Qu'est-ce que ça fait ?

BÉATRICE: Hein ?

EMMA: On n'est pas ici pour gagner un concours de tentes.

BÉATRICE: Non, mais on veut au moins être à l'aise. Dis, tu as déjà fait du camping, toi ?

EMMA: Tu sais très bien que non.

BÉATRICE : Pourquoi je devrais savoir ça ?

EMMA: Ah oui, scuse. Je te confondais avec quelqu'un. Quelqu'un qui serait vraiment mon amie.

BÉATRICE : Emma, je suis ton amie ! Je suis la personne qui te connaît le mieux au monde. Mais comment tu veux que je sache si, genre, t'as fait du camping avec ton grand-père quand t'étais petite ?

EMMA: Je suis une fille de la ville, mes parents sont de la ville, mes grands-parents sont de la ville. Ma grand-mère, elle connaît Alep et Montréal, point. Elle est même jamais allée dans les Laurentides de sa vie.

BÉATRICE : OK, OK, je comprends. Désolée de ne pas avoir su ça. Bon ! Tu veux qu'on installe nos sacs de couchage ?

EMMA : Qu'est-ce qu'il y a à installer ?

BÉATRICE : Nos matelas de sol, notre oreiller, notre sac.

EMMA : J'ai pas tout ça, moi.

BÉATRICE : Vraiment ? Mais c'était sur la liste. T'aurais donc dû me laisser vérifier tes affaires avant de partir !

Emma se contente de hausser les épaules.

BÉATRICE : Tu vas geler sans matelas ! On est à la fin octobre ! Tu peux pas dormir à même le sol.

EMMA : Je ne peux pas y faire grand-chose maintenant.

BÉATRICE : Arg ! Tu me rends folle. OK, alors, prends le mien.

EMMA : Ce n'est pas parce que tu te sacrifies pour moi que je vais tout te pardonner, tu sais.

BÉATRICE : Ce que je sais, c'est qu'une fille qui n'a jamais dormi dans une tente, au mois d'octobre sans matelas de sol, ça va mal se passer. Je vais dormir sur mon sac ou quelque chose. Je vais m'arranger.

EMMA : Comme tu veux.

Béatrice s'active quelques instants à disposer leurs affaires dans la tente.

BÉATRICE : Bon ! Je pense qu'on va survivre. Je trouve ça tellement dur de ne pas avoir de réception cellulaire, pas toi ?

EMMA : Je sais pas.

BÉATRICE : Je me demande tout le temps ce qu'il fait, Sébastien. Tu penses qu'il pense à moi ?

EMMA : Écoute, Béatrice, je vais mettre les points sur les i. Pour monter la tente ou pour des trucs pratiques, faut bien qu'on se parle un peu. Mais je ne vais pas passer la prochaine journée à discuter avec toi comme si de rien était. Enlève-toi ça de la tête tout de suite.

BÉATRICE : Mais…

Emma se détourne et met ses écouteurs dans ses oreilles. Béatrice soupire puis se dirige vers le reste du groupe. Si Emma a besoin d'encore un peu de temps…

Plouc. Plouc. Plouc.

Emma est réveillée par un bruit persistant et une sensation d'inconfort. Elle tente de demeurer endormie, les yeux bien fermés, mais elle n'y parvient pas. Peu à peu, elle émerge, pour se rendre compte que le bruit persistant, c'est une goutte d'eau, et que la sensation d'inconfort, c'est ladite goutte qui lui tombe sur le front.

Elle se redresse d'un coup.

EMMA: Béatrice ! Béatrice ! Réveille-toi !

BÉATRICE: Gmemneuh.

EMMA: Béatrice ! Notre tente prend l'eau !

BÉATRICE: Hein ?

EMMA: J'ai une goutte d'eau qui me tombe sur le front, c'est horrible !

BÉATRICE (à moitié endormie): Ben, bouge !

EMMA: Bouger où ? Il n'y a pas un centimètre de place vide dans cette tente.

BÉATRICE: Pousse-toi contre le rebord de la tente, par là.

Emma gigote un peu, tentant d'entraîner son tapis de sol et son sac de couchage avec elle vers la droite. Elle pose la main au sol pour s'aider.

EMMA: Beurk ! Béa ! C'est tout mouillé par terre !

BÉATRICE: Vraiment? C'est bizarre. De mon côté, c'est super sec.

EMMA: Bravo, madame Plein Air ! Je fais quoi, moi ?

BÉATRICE: Il est quelle heure ?

EMMA (allumant son téléphone): Ark. Il est 3 h 15.

BÉATRICE: Essaie de te mettre contre moi.

EMMA: Je n'arriverai jamais à me rendormir !

BÉATRICE: Viens par ici. On va se trouver de la place.

Emma se colle tant bien que mal à sa coloc.

EMMA : On va avoir chaud, non ?

BÉATRICE : En camping, c'est un beau problème à avoir. Une fois, l'été passé, au camp…

EMMA : Informations pratiques et utilitaires seulement, tu te souviens ?

BÉATRICE : Oui, mais… Je m'ennuie de toi, Emma.

Emma ne dit rien. Elle reste couchée dans le noir, écoutant la petite goutte qui continue de tomber dans leur tente, à côté d'elle. Elle perçoit vite la respiration de Béatrice qui ralentit et devine que son amie s'est rendormie.

Emma s'ennuie, elle aussi. Elle aurait tellement besoin de lui parler. Mais elle ne sent pas que Béatrice a changé, ni qu'elle a compris ce qui l'avait tant fâchée. Tant qu'elle continuera à faire passer Sébastien et ses bécasses d'amies en premier…

Emma soupire et attend impatiemment de voir l'aube se lever.

Première et dernière expédition de camping de sa vie, c'est promis, juré.

#28

Simon, leur moniteur, est debout de bon matin et il fait bouillir de l'eau pour le café en poudre. Béatrice revient du buisson derrière lequel elle a fait son pipi matinal. Elle s'étire, le soleil réchauffant son visage. Elle a quand même bien dormi, malgré la petite crise nocturne d'Emma. En cuillère avec son amie. Presque comme si elles étaient réconciliées.

La pluie qui leur est tombée dessus pendant la nuit n'est plus qu'un mauvais souvenir; le soleil d'automne a vite fait de chasser les quelques nuages qui s'éternisaient.

EMMA (en sortant la tête de la tente): Ah ! Maudite affaire !

Béatrice accourt pour voir de quoi il s'agit.

BÉATRICE: Emma ! Ça va ?

EMMA: Non, ça ne va pas ! Mes bottes de marche sont toutes trempées !

BÉATRICE: Ne me dis pas que tu les avais laissées en dehors de la tente ?

EMMA: Ben oui. J'avais sué en grimpant hier et je ne voulais pas que ça pue.

BÉATRICE: Arg, je t'avais bien dit de tout rentrer ! Pas juste pour la pluie, mais pour les animaux aussi !

EMMA: Bravo, mais je fais quoi, là, moi ?

BÉATRICE: Donne, je vais les mettre sur un rocher au soleil. Elles auront peut-être le temps de sécher un peu.

EMMA: Il faut tellement que je fasse pipi !

BÉATRICE: Tiens, mets les miennes. J'attendrai dans la tente.

La matinée se passe péniblement, avec Emma et Béatrice qui doivent attendre chacune leur tour et échanger leurs bottes pour aller aux toilettes, manger ou même démonter la tente. Béatrice fait le gros du travail, pendant qu'Emma se tient debout en chaussettes sur un sac à dos.

Puis, quand Simon annonce qu'il est temps d'y aller, Béatrice donne ses conseils à son amie.

BÉATRICE : Mets ta paire de chaussettes la plus épaisse. Et chaque fois qu'on arrête pour se reposer un peu, change de chaussettes. Comme ça, tu auras l'impression d'avoir les pieds secs, et tu as moins de chances d'attraper des champignons.

EMMA : Des champignons ? Ark ! Je veux pas !

BÉATRICE : Emma, j'ai été super patiente, mais là il est temps de prendre sur toi. Il nous reste trois bonnes heures de randonnée. T'auras pas le choix de passer à travers. Je vais te prêter toutes mes chaussettes. J'en ai plein. Ça va aller, tu vas voir.

Béatrice s'élance dans le sentier et Emma la suit en ronchonnant.

Le groupe avance d'un bon pas. Les feuilles sont presque toutes tombées et la vue est dégagée à travers les troncs d'arbre. Béatrice respire profondément. Malgré tout, elle est heureuse d'être ici, dans la nature, là où elle se sent bien. Elle se rend compte que ça l'oppresse de passer trop de temps en ville. Même si elle aime demeurer près de Sébastien et de ses amies, ce n'est peut-être pas idéal pour son équilibre mental. En descendant la montagne, Béatrice prend la résolution d'aller plus régulièrement chez ses parents, et une fois chez elle, de ne pas oublier les randonnées et les activités qui faisaient son bonheur quand elle était petite. Si c'est pour passer le week-end à l'intérieur, scotchée à son téléphone, ça ne sert à rien d'être à la campagne. Béatrice sourit, car elle croirait entendre sa mère; en voilà une qui sera ravie des nouvelles résolutions de sa fille.

Peut-être que Sébastien acceptera de venir plus souvent avec elle. Mais il semble toujours avoir des entraînements ou des parties de hockey, le samedi. C'est bien beau, de sortir avec un joueur de hockey, mais Béatrice trouve que ça limite leurs activités.

Ça fait longtemps que c'est elle qui s'ajuste à lui; peut-être sera-t-il prêt à être un peu plus conciliant.

Ça énerve vraiment Béatrice, ce week-end passé sans réception cellulaire ni Wi-Fi. C'est la première fois depuis le début de leur relation qu'elle et Sébastien ne communiquent pas pendant aussi longtemps. Ça la rend anxieuse, ce silence radio. Une anxiété sans fondement, mais qu'elle ne parvient tout de même pas à chasser.

Après plusieurs arrêts dont Emma profite pour changer de chaussettes, le groupe arrive enfin à l'autobus. Béatrice sourit en voyant son amie sauter de joie de retrouver ce signe de civilisation.

Béatrice, elle, se dépêche surtout d'essayer son téléphone : toujours rien. Elle s'empresse donc de placer son sac à dos dans la soute à bagages et prend place. Plus l'autobus partira vite, plus vite elle captera du signal.

Elle trouve que les autres prennent leur temps, tout à coup. À se féliciter, à se faire des *high five*, à se raconter leurs anecdotes de randonnée… « Dépêchez-vous ! » a-t-elle envie de leur crier.

Enfin, l'autobus démarre. Dès qu'il rejoint une route principale, le téléphone de Béatrice retrouve du réseau. Elle envoie rapidement un premier texto à Sébastien, avec un cœur et des bisous, et attend que les messages que ce dernier a dû lui envoyer pendant le week-end se téléchargent.

Bizarre. Pas de textos. Ça ne fait peut-être pas assez longtemps qu'elle a capté le signal. Elle vérifie sur WhatsApp, sur Instagram et sur Snapchat : rien.

Impatiente, elle retourne voir ses textos. Son envoi de cœur et bisous a été lu. Mais pas de réponse. C'est vraiment étrange.

« Bonjour, mon amour ! Je n'avais pas de réception cellulaire pendant tout le week-end ! J'ai tellement hâte de te voir ! xx »

« Tu viens chez moi ce soir ? On devrait arriver vers vingt heures. xx »

Enfin ! Les trois petits points indiquant que Sébastien lui répond apparaissent. C'est fou comme elle a hâte de le voir, d'être dans ses bras.

« Désolé. Je sors du hockey et j'ai un exam de philo demain. Faut que j'étudie. »

Ouch. Super froid comme réponse. Béatrice cherche Emma du regard. Dispute ou pas, elle aurait bien voulu lui demander ce qu'elle en pense et comment elle devrait répondre. Mais son amie est assise quelques rangées derrière elle, avec des écouteurs dans les oreilles et le regard perdu dans la forêt qui défile à toute vitesse à travers les vitres de l'autobus. Tout de son langage corporel hurle « Ne me dérangez pas ». Béatrice soupire et décide de rester relax dans sa réponse à Sébastien. Elle n'a surtout pas envie de se faire dire une nouvelle fois qu'il a besoin de respirer.

« Courage, mon chéri, tu en es capable ! Je passe te voir quelques minutes alors, juste pour t'embrasser et te souhaiter bonne chance. xx »

Voilà. Rien de trop intense.

Sébastien répond rapidement.

« OK »

L'autobus arrive au cégep. Emma est l'une des premières à saisir son sac à dos. Elle se dirige vers leur appartement sans attendre Béatrice. Cette dernière attend son bagage pendant ce qui lui semble être une éternité. Enfin, quand c'est à son tour, elle se dirige à bons pas vers l'arrêt d'autobus qui la mènera chez Sébastien. Dans un monde idéal, elle serait passée chez elle prendre sa douche et déposer son sac à dos, mais elle a peur qu'après, il soit trop tard, et que Sébastien lui dise de ne pas venir. Elle sait que sa mère n'apprécie pas les visites tardives, les soirs d'école.

Heureusement pour le cœur de Béatrice qui palpite, l'autobus de la ville arrive rapidement. Quelques arrêts plus tard, elle descend et se dirige vers la maison de Sébastien. Elle a froid, elle qui a sué pendant la journée et dont les vêtements sont encore légèrement humides.

Enfin, elle sonne à la porte. La mère de Sébastien ouvre, gentille comme toujours, et l'invite à entrer, lui indiquant que Sébastien étudie dans sa chambre. Béatrice retire ses bottes de marche dans l'entrée, un peu gênée de ses chaussettes mouillées. Malheureusement, elle a prêté toutes les autres à Emma et elle ne peut donc pas se changer.

Dès qu'elle entre dans sa chambre, Sébastien s'avance vers elle. Elle lève la tête pour l'embrasser, mais il la serre plutôt longtemps, très longtemps, contre lui. Tant mieux, se dit Béatrice, contente de voir qu'il s'est ennuyé autant qu'elle. Elle se laisse aller complètement, réconfortée par l'odeur si familière de son chum. Il l'invite à s'asseoir sur son lit.

SÉBASTIEN : C'était bien, ta randonnée ?

BÉATRICE : Tellement beau ! J'aurais vraiment aimé que tu sois là. D'ailleurs, j'ai pris une résolution : de passer plus de temps dans la nature. J'ai vraiment besoin de ça. Dis que tu vas venir à la campagne avec moi plus souvent !

Sébastien soupire et regarde au sol.

SÉBASTIEN : Béa, faut que je te parle.

BÉATRICE (inquiète): Qu'est-ce qu'il y a, mon amour? Est-ce que tout va bien ?

SÉBASTIEN : Oui et non. Je ne sais pas comment te dire ça, mais... ça ne marche plus.

BÉATRICE : Qu'est-ce qui ne marche plus ?

SÉBASTIEN : Nous.

BÉATRICE : Comment, nous ? De quoi tu parles ?

Béatrice sent une grosse boule lui envahir le ventre. Elle prend la main de Sébastien.

BÉATRICE : Mon amour, regarde-moi. Regarde-moi dans les yeux.

Sébastien lève la tête.

BÉATRICE : Peu importe ce qui se passe, on va trouver une solution ! Je t'aime, tu le sais. Et je sais que toi aussi, tu m'aimes. Parle-moi de ce qui ne va pas, et on va trouver !

SÉBASTIEN (regardant de nouveau à terre): C'est pas une question de solutions...

BÉATRICE : C'est quoi, alors ?

SÉBASTIEN : Je sais pas. Je sais plus. Je trouve qu'on est jeunes, un peu...

BÉATRICE : Jeunes pour être amoureux ?

SÉBASTIEN : Jeunes pour s'engager comme ça... J'en ai parlé à mon père, hier...

BÉATRICE : À ton père ?

SÉBASTIEN : Je lui ai dit que j'avais des doutes, que des fois j'étouffais...

Béatrice se sent en terrain de confiance. Le père de Sébastien l'aime beaucoup, elle est sûre qu'il l'a défendue.

BÉATRICE : Qu'est-ce qu'il a dit, ton père ?

SÉBASTIEN : Il a dit que j'étais jeune pour m'engager autant avec juste une fille. Que t'étais super gentille, mais qu'à mon âge, j'avais besoin de rencontrer d'autres filles.

BÉATRICE : Il y a une autre fille ?

Elle ne sait pas comment elle fait pour respirer tellement sa gorge se serre.

SÉBASTIEN : Mais non, voyons ! Je te parle juste de ce que je ressens.

BÉATRICE : Tu ressens le besoin de voir d'autres filles ?

SÉBASTIEN : Non plus, c'est pas ça. Je me demande juste si on n'est pas devenus trop sérieux trop vite.

BÉATRICE : Trop vite ? On est amoureux, c'est tout !

Sébastien se lève. Il fait deux ou trois pas dans sa chambre puis s'assoit sur la chaise de son bureau.

SÉBASTIEN (visiblement mal à l'aise) : Écoute, Béa... Je ne voulais surtout pas te faire de peine. Je ne sais pas quoi te dire.

BÉATRICE : Écoute, c'est normal, les remises en question dans un couple, non ? Ça ne veut pas dire qu'on ne s'aime pas. On peut passer à travers.

SÉBASTIEN : Je pense que... Je pense que non.

BÉATRICE : Mais ça sort d'où, ça ? Ça allait super bien entre nous ! Voyons, il a bien dû se passer quelque chose ?

SÉBASTIEN : Il ne s'est rien passé, c'est juste moi qui… qui suis ailleurs.

Et Béatrice le sent ailleurs. Distant, lointain. Quand il la regarde, c'est avec un détachement qui lui glace le sang. Elle lui parle, mais c'est comme s'il ne l'entendait pas. Pas vraiment. Comme s'il était sur une autre planète. Très loin d'elle, tout à coup.

Elle ne l'a jamais vu comme ça. Jamais. Même lorsqu'ils se sont disputés, qu'elle l'a agacé, même dans leurs pires moments, jamais Sébastien ne l'a regardée comme ça. Avec cette absence totale de sentiments, comme si elle n'était déjà qu'un lointain souvenir.

C'est cette attitude, plus que les mots qu'il prononce, qui fait comprendre à Béatrice qu'il est sérieux. Que c'est fini. Elle se sent hébétée, sous le choc, incapable de ressentir quoi que ce soit. Elle a l'impression d'avancer dans un brouillard lorsqu'elle prend son manteau, qu'elle enfile son bonnet, qu'elle remet ses bottes de marche, qu'elle rend distraitement son salut à la mère de Sébastien, qu'elle attrape son sac à dos trop lourd et qu'elle s'enfonce dans la nuit noire.

Elle a l'impression que ses jambes sont de la ouate, qu'elles vont à tout moment cesser de la porter. Mais elle a en même temps besoin de bouger, de se défouler, de se prouver qu'elle existe.

Comme un zombie, elle avance, sans même tenter de retenir l'autobus qui quitte l'arrêt alors qu'elle y arrive. Elle continue à marcher, tétanisée.

Quarante-cinq longues minutes plus tard, elle arrive devant chez elle. Sa main tremble en fouillant dans la poche de son sac pour y trouver sa clé. Elle entre, retire son manteau et ses bottes, puis se dirige vers la chambre d'Emma. Sans allumer, sans dire un mot, sans enlever ses vêtements humides, elle se glisse dans le lit, à côté de son amie endormie.

#29

Quand Emma ouvre les yeux, elle est étonnée de sentir une présence à ses côtés. Elle se retourne et voit Béatrice endormie. Elle se demande ce qu'elle peut bien faire dans son lit. Emma a mal partout. Elle ne se souvient pas de la dernière fois qu'elle a été si courbaturée. Elle s'étire pour se soulager, mais ça ne lui fait que plus mal encore.

Cet inconfort accentue sa mauvaise humeur de trouver sa coloc dans son lit. Énervée, elle pousse la jambe de Béatrice avec son pied.

EMMA: Hé ! Réveille-toi ! Qu'est-ce que tu fais là ?

Béatrice ouvre les yeux, semblant confuse. Puis, sa respiration se coupe comme si elle venait de recevoir un coup de poing au plexus et elle se met à pleurer. Couchée en position fœtale, elle tourne le dos à Emma, ses épaules se secouant au rythme de ses sanglots.

Voilà qui est étrange.

EMMA: Béa… Ça va ?

Pas de réponse.

EMMA: Béatrice… Qu'est-ce qui t'arrive ?

Béatrice tourne vers Emma un visage défiguré par les larmes. Elle hoquette en répondant.

BÉATRICE: C'est fini ! C'est fini !

EMMA: Qu'est-ce qui est fini ?

BÉATRICE: Sébastien et moi ! C'est finiiiii ! ! !

Et elle pleure de plus belle.

Emma ne sait pas quoi faire d'autre que de la prendre dans ses bras et de la laisser pleurer.

Finalement, Béatrice se calme un peu. Elle tend la main vers une boîte de mouchoirs et se mouche bruyamment.

BÉATRICE : Ma vie est finie… Je n'ai plus rien…

EMMA : De quoi tu parles, tu n'as plus rien ? Voyons donc !

BÉATRICE : L'amour de ma vie m'a laissée. Ma meilleure amie ne me parle plus. Je suis complètement seule au monde.

EMMA : Béa, est-ce que j'ai l'air de ne plus te parler, là ?

BÉATRICE : De toute façon… Qu'est-ce que ça change…

EMMA : Béa, arrête ! Je suis là pour toi, OK ? On va passer à travers.

BÉATRICE : Je ne sais pas… Je ne sais pas comment je vais faire.

EMMA : Mais est-ce que ça avait l'air sûr son affaire ? C'est pas juste une dispute ?

BÉATRICE : Ça avait l'air ultra sûr. Il me parlait comme si j'étais une étrangère. Avec aucune émotion dans la voix. Comme si je n'existais plus.

EMMA : Qu'est-ce qui a pu se passer ?

BÉATRICE : Ça faisait un bout de temps que je le sentais plus distant… Mais j'aurais jamais pensé que… *Oh my god,* j'ai jamais eu aussi mal de ma vie ! Qu'est-ce que je vais faire, Emma ?

EMMA : Tu vas survivre. Un jour à la fois.

#30

Lorsque Béatrice arrive au cégep, escortée par Emma, elle n'ose pas passer par la grande salle, de peur d'y voir Sébastien. Elle se rend directement à son cours d'histoire.

Elle est l'une des premières. Elle s'assoit et sort son téléphone pour tenter de se distraire. Sinon, elle risquerait de se mettre à pleurer. Elle regarde son fil Instagram quand son téléphone se met à vibrer avec des messages entrants.

Le premier est de Justine.

« Sébastien célibataire ? C'est quoi cette histoire ? »

Le deuxième est d'Astrid.

« Les gars c'est tous des cons. »

Puis de Raphaëlle.

« OMG, je veux tout savoir ! As-tu rencontré un autre garçon ? »

Et enfin de Noémie.

« Est-ce que ça va ? T'es où ? »

Clairement, la nouvelle est sortie. En effet, en allant voir le compte Facebook de Sébastien, Béatrice constate qu'il n'a pas perdu de temps avant de s'annoncer célibataire. De savoir que son humiliation est aussi publique donne à Béatrice l'envie de rentrer sous terre.

Au moins, il y a Noémie qui lui a écrit un mot gentil... Et au moins, il y a Emma, qui a été extraordinaire, ce matin. Béatrice peine à croire qu'elle ait pu autant tenir sa meilleure amie pour acquis. La vérité, c'est qu'à part ses parents et Emma, elle ne peut compter sur personne dans la vie.

Ses parents... Béatrice n'a pas hâte de leur annoncer la nouvelle. Eux qui ont été si généreux et qui ont accueilli Sébastien dans la famille !

Elle a l'impression de vivre un cauchemar. Ça ne peut pas être la réalité ! Ce n'est pas possible. Sébastien et elle s'aiment trop. Comment les choses peuvent-elles finir comme ça ?

M. Lapré, son professeur d'histoire, entre dans la classe. Béatrice s'empresse de ranger son téléphone. Elle tente de se concentrer et d'écouter, mais malgré le style de présentation toujours attrayant de M. Lapré, il n'y a rien à faire. Elle ne réussit pas à s'intéresser au mouvement travailliste au Royaume-Uni au début du vingtième siècle.

À l'heure du midi, ressentant le besoin de bouger pour fuir sa douleur, elle se dirige comme un automate vers la grande salle. Elle a l'estomac noué et n'a rien avalé depuis la veille, sauf quelques gorgées de café au lait qu'Emma lui a mis sous le nez ce matin. Elle n'a pas faim et ne pourrait pas s'imaginer avaler une bouchée; elle veut juste que ce mauvais rêve se termine.

Elle se dirige par habitude vers le banc de leur gang, où elle voit Astrid, Justine et Raphaëlle. Ça lui fera peut-être du bien de parler à ses amies... Elles qui connaissent Sébastien depuis de nombreuses années, peut-être pourront-elles lui expliquer ce qui a pu lui passer par la tête. Comment a-t-il pu la rejeter comme ça alors qu'ils s'aimaient tant ? Cela semble impossible à Béatrice qu'un amour aussi profond et intense que le leur se termine aussi facilement. Il doit y avoir une erreur.

Elle s'avance, levant la main pour saluer ses amies. Au même moment, Sébastien et Thomas s'assoient à côté d'elles. Béatrice se fige sur place, ne sachant plus que faire. La vue de Sébastien lui coupe le souffle. Doit-elle se joindre à eux comme si de rien n'était? Doit-elle lui parler? L'ignorer? Elle ne sait pas et reste plantée là. Elle n'en revient pas de le voir, à quelques mètres d'elle, en train de parler avec ses amis, de rire même, comme si sa vie à lui ne s'était pas écroulée! Comme si la vie continuait comme avant!

Sans qu'elle s'en rende compte, des larmes commencent à couler sur ses joues. Elle reste toujours plantée là, à regarder ses amis et Sébastien, à souffrir plus qu'elle ne croyait possible de souffrir.

À un moment, Justine semble remarquer sa présence et donne un coup de coude à Astrid. Celle-ci lève les yeux vers elle puis se lève et avance dans sa direction.

ASTRID: Viens.

Elle la prend par le bras et l'entraîne avec elle.

BÉATRICE: On va où?

ASTRID: Toi, tu vas finir de pleurer ailleurs. Voyons, Béatrice, un peu d'orgueil! Tu ne peux pas rester plantée là à pleurer comme une Madeleine en le regardant!

BÉATRICE: Qu'est-ce que je suis censée faire, alors? Ça me fait trop mal!

ASTRID: Je ne sais pas, aie l'air de t'en foutre. Faudrait que tu te trouves un autre chum vraiment vite. Veux-tu sortir avec nous jeudi soir ? Je pourrais demander à Luke de te présenter un joueur de hockey…

BÉATRICE : Il n'en est pas question ! C'est Sébastien que j'aime.

ASTRID : Écoute, une amourette de jeunesse, il faut en revenir ! Il y a d'autres poissons dans la mer. Des bien plus beaux poissons ! Il est gentil, Sébastien, mais… On va te trouver mieux.

BÉATRICE : Je ne veux pas mieux, je le veux, lui. Il me reste rien d'autre à faire que de pleurer toutes les larmes de mon corps.

ASTRID : T'es donc bien lourde ! *My god !* Bon, à plus !

BÉATRICE : Qu'est-ce que tu fais ?

ASTRID : Ben, je retourne rejoindre la gang.

BÉATRICE : Et moi ?

ASTRID : Je ne sais pas. Panse tes plaies où tu veux. Mais une chose est sûre, tu ne peux pas traîner ta face de pleureuse dans la grande salle.

Astrid s'éloigne. Béatrice, hébétée, se dirige vers les toilettes, où elle s'enferme jusqu'à son prochain cours.

#31

Emma a des papillons dans le ventre en permanence quand elle est avec Théo. On dirait qu'elle ne s'habitue pas à sa présence. Surtout depuis que leur relation est passée à un autre niveau. Ils ont refait l'amour deux fois et se disent qu'ils s'aiment tous les jours. Emma n'arrive toujours pas à croire que ça puisse être aussi intense, aussi… satisfaisant d'avoir un chum. Elle se demande pourquoi elle a perdu son temps avec ses chums du secondaire. Mais bon, à l'époque, elle ne savait pas. Ne savait pas que ça pouvait être comme ça.

Elle n'a toujours pas pu parler à Béatrice de tout cela; Béatrice qui traîne comme une âme en peine tant dans l'appartement qu'au cégep. Emma s'inquiète pour son amie, qui vit vraiment durement sa séparation. Elle ne mange presque plus, elle ne dort pas, elle ne fait que pleurer et se morfondre depuis trois jours. Emma commence à se demander si sa coloc sortira un jour de son désespoir.

Mais tandis que les doigts de Théo s'entrelacent aux siens, ses pensées voguent malgré elle vers des sujets plus joyeux. Comme le party d'Halloween du cégep qui approche à grands pas, et dont discutent ses amis assis avec eux dans la grande salle.

NATHAN : J'ai trouvé LE meilleur costume d'Halloween du monde.

WILLIAM : Ne l'encouragez pas, il se trouve vraiment drôle.

ROSALIE : C'est quoi ?

NATHAN : Tu sais quoi, peut-être que je vais garder la surprise. Ça sera plus drôle comme ça.

THÉO : Pourquoi tu nous en parles si tu ne veux rien nous dire ?

NATHAN : Parce que je viens de changer d'idée juste là.

THÉO : Comme tu veux.

Théo est toujours tellement suprêmement relax. Si c'était Emma qu'une de ses amies venait d'agacer comme ça, en promettant de dévoiler quelque chose puis en changeant d'idée, elle n'aurait jamais été capable de laisser cela aller sans poser un milliard de questions.

EMMA : Et toi, Rosalie ? C'est pas un secret aussi, j'espère ?

ROSALIE : Je me déguise en journée de la mort mexicaine. Tu sais, avec du maquillage noir au visage, et des fleurs rouges dans les cheveux ?

EMMA : Tu ne peux pas. C'est de l'appropriation culturelle. J'en parle justement dans ma chronique pour le journal étudiant.

ROSALIE : Ben là ! C'est pas un peu exagéré ? On peut se déguiser en quoi, alors ?

EMMA : Tu peux te déguiser en ce que tu veux, mais pas utiliser les symboles d'un peuple contre lequel il y a de la discrimination.

ROSALIE : Donc il faut que je me déguise en homme blanc, c'est ça ?

EMMA (en riant) : Oui ! Ou en Donald Trump.

NATHAN : Hé ! Piquez pas mon idée !

EMMA : Tu te déguises en Donald Trump ?

WILLIAM : Ah ! Ha ! Tu t'es dévoilé !

NATHAN : Attendez de voir ça, j'ai un vieux costume bleu de mon père que je vais porter avec une cravate rouge trop courte, ça va être malade ! Et un oreiller sous ma chemise, bien sûr.

ROSALIE : Et pour les cheveux orange, comment tu vas faire ?

NATHAN : Ah, ça, tu vas voir. Faut bien que je garde un peu de mystère. Et toi, Théo, tu te déguises en quoi ?

THÉO : Je n'y avais pas encore pensé. Et toi, Emma ?

EMMA : Je ne sais pas non plus. Avec ma chronique sur Halloween, j'ai l'impression de ne plus avoir le droit de rien mettre. Je vais finir comme la fille dans mon histoire, avec un drap blanc sur la tête.

WILLIAM : Tu te déguises en Ku Klux Klan ?

EMMA : Ah merde ! J'avais tellement pas pensé à ça ! Ben non ! Dans l'histoire, la fille veut tellement pas heurter personne qu'elle finit par se déguiser en l'affaire la plus nulle possible : un fantôme. Mais je n'ai pas expliqué que c'était ça son costume, dans le texte elle parle juste d'un drap blanc.

ROSALIE : Tu ne voulais pas qu'elle finisse en vêtements normaux et qu'elle dise qu'elle était déguisée en fille découragée ?

EMMA : Au départ, oui. Le fantôme, c'est une idée qui m'est venue en écrivant. C'est peut-être pour ça que je n'ai pas été claire. Zut de zut ! Je vais essayer de trouver Sara pour voir si je peux encore changer la fin. Merci tellement, William !

Emma sort son téléphone et compose un texto fiévreux à Sara. Celle-ci lui répond rapidement, indiquant qu'elle est au local du journal étudiant et qu'Emma peut venir lui expliquer son problème.

EMMA : OK, bye, gang, je vais parler à la rédactrice en chef.

WILLIAM : Attends ! Est-ce que c'est vrai que ta coloc est maintenant célibataire ?

EMMA : Béatrice ? Oui, pourquoi ?

WILLIAM : Ben, c'est évident. Tu le sais que j'ai toujours eu un faible pour elle. Je peux enfin tenter ma chance.

EMMA : Si j'étais toi, je perdrais pas mon temps. Elle ne fait que pleurer.

WILLIAM : Justement ! Je vais pouvoir la consoler !

Emma n'a pas le temps d'écouter le plan fou de William. Elle se contente de lui marmonner un « Oui, oui, c'est ça », puis elle embrasse Théo et elle s'élance vers le local du journal étudiant.

Elle y trouve Sara et Félix en grande conversation. Sara lui sourit pour la saluer, mais n'interrompt pas le flot de paroles de Félix. Emma attend en sautillant sur place, impatiente de savoir si elle peut encore changer la fin de sa chronique.

Finalement, après ce qui semble être une éternité à Emma, Félix s'arrête de parler et Sara se retourne vers elle.

EMMA: Sara ! S'il te plaît, dis-moi que le journal n'est pas parti en impression !

SARA: Tu veux que je te dise la vérité ? Ou tu veux que je te dise que le journal n'est pas parti en impression ?

EMMA: Merde !

SARA: Qu'est-ce qui se passe ?

EMMA: C'est ma chronique. Tu sais, à la fin, quand la fille décide de se couvrir d'un drap blanc ? Ben, quelqu'un m'a fait remarquer que ça pouvait ressembler à un déguisement du Ku Klux Klan. Alors qu'au contraire, la fille fait tout pour n'offenser personne ! J'aurais voulu préciser que c'est un déguisement de fantôme.

FÉLIX: Voyons, tu paniques pour rien. C'est évident qu'elle est pour déconner, ta chronique. Personne ne va réfléchir au drap.

EMMA (pincée): Ma chronique est humoristique ! C'est pas la même chose !

FÉLIX (en haussant les épaules): Si tu le dis.

Il salue Sara et quitte le local.

EMMA: Il n'y a vraiment rien à faire ?

SARA: Je suis désolée. On pourrait modifier la version en ligne par contre.

EMMA: Et est-ce qu'on pourrait mettre un *erratum* sur la page Facebook du journal ?

SARA: Hmm… J'ai peur que ça attire l'attention et pas de la bonne façon. Attendons de voir. Si les gens réagissent ou posent des questions, on rectifiera. Sinon, ça sert à rien. Pour moi, c'était tellement évident que c'était un costume de fantôme. Je suis sûre que la grande majorité des gens vont comprendre ta conclusion comme ça.

EMMA : T'es sûre ?

SARA : Fais-moi confiance, Emma. J'ai vu neiger.

EMMA : OK. Si t'es sûre. En passant, Félix, c'est quoi son problème ? Il était méchant ! Il a le droit de ne pas aimer ma chronique, mais de là à la traiter de ramassis de conneries !

SARA : Il n'a pas dit ça et tu le sais très bien.

EMMA : Quand même, il n'était pas super sympathique.

SARA : Ne me dis pas que ça t'étonne ?

EMMA : Hein ? De quoi tu parles ?

SARA : À ton party d'anniversaire... Il a été super déçu.

EMMA : Je ne comprends pas.

SARA : Emma, voyons ! Sois sincère ! Vous étiez à deux doigts de vous *frencher*.

EMMA : Ben...

SARA : Avoue !

EMMA : Ça se peut. C'est juste que... je pensais que je n'avais plus aucune chance avec Théo. Alors je me disais que je devais passer à autre chose.

SARA : Comment tu penses que Félix se sent ? Tu t'es servi de lui comme bouche-trou et tu l'as rejeté dès qu'un autre garçon a exprimé son intérêt.

EMMA : Mais c'était sincère ! Je le trouvais intéressant pour de vrai ! C'est juste que…

SARA : C'est juste que tu préfères Théo ! Et là, le pauvre Félix est coincé pour travailler avec vous deux et vous voir vous faire des mamours à longueur de journée. C'est normal qu'il soit un peu sur les nerfs.

EMMA : Sur les nerfs oui, mais là, il exagère.

SARA : Jusqu'à maintenant, je n'ai rien vu de très grave. Juste un gars déçu qui est de mauvaise humeur. Mais si ça empire, préviens-moi. On est une équipe. Il doit agir de façon respectueuse envers toi, même s'il trouve ça difficile.

EMMA : Merci. Je te tiens au courant s'il y a quoi que ce soit.

#32

Béatrice ne sait pas comment elle réussit à fonctionner. Comment elle fait pour se lever, pour s'habiller (très mal, mais quand même), pour se rendre à ses cours. Les repas sont mis de côté, les études aussi, mais de l'extérieur, elle a l'air d'une fille qui continue de vivre sa vie.

Depuis quelques jours, dans un état second, elle se rend le matin au cégep, puis elle avance comme un automate dans les corridors, se rendant à chaque cours à l'heure, mais presque par hasard.

À l'intérieur d'elle, elle a tellement mal qu'elle en oublierait de respirer. Son ventre est serré en permanence et la pensée de sa rupture la frappe avant même qu'elle ouvre les yeux, le matin. C'est le pire moment de sa journée : ce premier moment de réveil où, pendant une fraction de seconde, elle ne sait pas; puis la douleur frappe, fraîche comme au premier jour.

Elle sort de son cours de français lorsque son téléphone vibre avec un message de Noémie.

« Béa... Ça va ? T'es où ? Faut que je te parle... »

Béatrice n'a pas envie de répondre, mais elle sait que Noémie ne la lâchera pas. Elle apprécie la sollicitude de ses amies, mais elle préférerait presque qu'elles la laissent tranquille à pleurer dans son coin.

« Je viens de finir français. Je vais en maths. »

« Faut vraiment que je te parle. Rendez-vous à l'entrée principale. »

Bizarre. L'entrée principale est loin de tout et n'est utilisée que par les professeurs, la direction et les visiteurs. Les étudiants n'y vont à proprement parler jamais.

De toute façon, Béatrice n'a pas le temps.

« Pas le temps. J'ai maths dans 5 min. »

« C'est trop important. Rejoins-moi à l'entrée principale MAINTENANT. »

Haussant les épaules, Béatrice décide de rejoindre son amie. Après tout, le cours de maths, quelle importance...

Béatrice arrive au bureau d'accueil du cégep, devant lequel elle trouve Noémie qui semble nerveuse : elle se balance d'un pied sur l'autre et clique compulsivement sur l'écran de son téléphone.

NOÉMIE (relevant la tête) : Ah, enfin ! T'es là !

Elle attire son amie vers une petite salle d'attente vide.

NOÉMIE : Béa, je ne sais pas comment te dire ça, mais...

L'antenne de Béatrice se redresse. Elle devine d'instinct qu'elle s'apprête à souffrir plus encore. Comme si cela était possible...

NOÉMIE : C'est Sébastien.

Béatrice attend, comme un chevreuil figé sur la route qui attend l'impact.

NOÉMIE : J'étais dans la grande salle, juste là... Et... Je l'ai vu...

Noémie hésite, bourreau récalcitrant.

NOÉMIE : Je suis tellement désolée, mais... Je l'ai vu embrasser une fille.

Béatrice pose la question, mais elle connaît déjà la réponse.

BÉATRICE : Qui ?

NOÉMIE : Ben... C'était... Florence. La fille de votre pièce de théâtre.

Béatrice accuse le choc.

BÉATRICE : Ils se sont... embrassés ? Dans la grande salle ? Ça doit vouloir dire que c'est sérieux... Comment ça se peut ? Ça fait même pas trois jours qu'on a cassé ! À moins que... Penses-tu qu'il la voyait déjà ? Avant ? Qu'il m'a laissée pour elle ?

NOÉMIE : Astrid lui a posé la question et il jure que non. Qu'ils ont commencé à sortir ensemble après.

BÉATRICE : Mais ça ne se peut pas... On s'aimait tellement... Comment est-ce qu'il a pu me remplacer comme ça aussi vite ? Ça ne se peut pas, Noémie !

NOÉMIE : Je le sais... C'est vraiment chien. Et... Bon, autant te dire tout d'un coup... Pendant que j'attendais, j'ai regardé son compte Facebook et... Il s'est déjà mis en couple avec elle.

BÉATRICE : Ben non ! Tu rigoles ?

NOÉMIE : Je suis vraiment désolée.

BÉATRICE : Qu'est-ce qu'elle a dit d'autre, Astrid ?

NOÉMIE : Rien, juste ça. Et qu'il n'avait pas l'air d'exprimer beaucoup de remords.

BÉATRICE : Ah, le con ! Le con ! Comment est-ce qu'il peut me faire ça ?

NOÉMIE : Je ne sais pas, mais je suis rassurée de te voir un peu en colère. Je pense que ça va être plus facile de t'en remettre si tu le détestes au moins un peu.

BÉATRICE : Comment tu veux que je le déteste quand je l'aime autant ?

Béatrice se dirige vers la grande salle, aveuglée par sa douleur. Elle cherche Sébastien partout. Elle sait qu'il a un trou en ce moment, pendant qu'habituellement elle est dans son cours de maths.

Elle ne le voit pas sur leur banc, ni au Café Cactus... Tiens, le voilà qui sort des toilettes. Elle l'intercepte.

BÉATRICE : Sébastien...

Il se retourne vers elle, le regard froid.

BÉATRICE : Est-ce que c'est vrai ?

SÉBASTIEN : Je pourrais faire semblant que je ne sais pas de quoi tu parles, mais oui, c'est vrai.

Il se retourne comme s'il s'apprêtait à s'éloigner d'elle. Béatrice se sent comme une lépreuse qu'il ne veut ni toucher ni regarder.

BÉATRICE : Sébastien, attends ! Est-ce que tu m'as laissée pour elle ? Étais-tu déjà avec elle avant ?

SÉBASTIEN : Qu'est-ce que ça changerait ? C'est fini entre nous de toute façon.

Il n'a pas nié...

Il n'a pas nié.

Béatrice se retourne et marche vers la porte de sortie. Elle n'arrête pas de marcher jusqu'à ce qu'elle arrive chez elle, où elle s'écroule dans son lit, secouée par des sanglots qui lui font mal à la cage thoracique.

#33

Emma ajuste sa cape noire devant le miroir de la salle de bains quand elle entend frapper.

EMMA : Entrez !

MIA : C'est moi. Ça te dérange que je me brosse les dents ?

EMMA : Non, non, vas-y.

MIA : Tu vas au party du cégep ?

EMMA : Oui. Pas toi ?

MIA : Bah… Je sais pas. Disons que je suis en froid avec quelques-uns de mes amis.

EMMA : Ta gang de politique, là ?

MIA : Ouais. Finalement ils aiment beaucoup plus le drame que je pensais.

EMMA : Viens avec nous si tu veux.

MIA : Peut-être. Mais je n'ai pas de déguisement.

EMMA : J'ai un chapeau de sorcière de trop. Et il me semble que t'as assez de vêtements noirs un peu gothiques dans ta garde-robe…

MIA : Ha, ha, très drôle. Et toi, t'es déguisée en quoi ?

EMMA : En Hermione Granger. Théo se déguise en Harry Potter. J'ai hâte de le voir avec des lunettes !

MIA : Tu ressembles zéro à Emma Watson. Tu devrais te raidir les cheveux.

EMMA : Hé ! Je suis la Hermione des livres, pas celle des films ! Ça dit bien qu'elle a les cheveux très frisés, presque crépus. J. K. Rowling a même écrit sur Twitter que Hermione était peut-être noire !

MIA : Si tu le dis.

EMMA : Béatrice ne voulait faire aucun effort, donc je lui ai acheté un chapeau de sorcière et une baguette magique. Tu peux te mettre en gang de sorcières avec elle.

MIA : OK. Ça va me faire du bien de sortir un peu, je travaille comme une folle ces temps-ci.

EMMA : Avec ton chum ?

MIA : C'est zéro mon chum ! De quoi tu parles ?

EMMA : On se calme, je faisais juste une blague. Mais si t'es si sensible, il y a peut-être un fond de vérité là-dessous. Tu tripes* dessus ou quoi ?

MIA : Tellement pas.

Béatrice entre dans la salle de bains, en pyjama, le regard dans le vide, en se traînant les pieds. Elle lève la tête, presque surprise de voir ses colocs qui, pourtant, parlaient fort.

EMMA : Ça va, Béa ?

BÉATRICE : Faut que je fasse pipi.

EMMA : Euh, OK, on te laisse.

Emma et Mia sortent, refermant la porte derrière elles.

Quelques instants plus tard, Béatrice ouvre la porte, passe devant elles et se dirige vers sa chambre.

EMMA : Euh, Béa, est-ce que tu te prépares ? On part dans vingt minutes.

BÉATRICE : J'y vais pas.

EMMA : Quoi ? Pourquoi ?

BÉATRICE : Parce que.

---

* **Triper (sur)** – Aimer, être attiré.

Elle entre dans sa chambre et claque la porte.

Emma la suit. Elle trouve son amie couchée sur le dos, les yeux regardant fixement le plafond.

EMMA : Qu'est-ce qui se passe, Béa ?

BÉATRICE : Il se passe que je ne pensais pas que ça se pouvait. Avoir aussi mal.

EMMA : Je sais… Mais ça va te faire du bien de sortir, je te le promets !

BÉATRICE : Imagine s'ils sont là ? Au party ? Je serai jamais capable.

Emma n'a pas besoin de demander de qui son amie parle. Les conversations ont tourné autour de ce nouveau couple toute la semaine à la maison.

BÉATRICE : Faut que je te dise quelque chose… Je les ai vus.

EMMA : Hein ? Quand ?

BÉATRICE : Aujourd'hui.

EMMA : Mais où ? T'as pas mis les pieds dans la grande salle depuis que tu l'as appris.

BÉATRICE : Dans un corridor en plein milieu de nulle part. Je m'en allais à mon cours et je les ai vus. En train de s'embrasser.

EMMA : *Oh my god,* pauvre chouette ! Pourquoi tu ne me l'as pas dit ?

BÉATRICE : Je ne voulais pas que ça soit vrai. Je voulais oublier. Mais là je vois juste ça. Je ferme les yeux et je les vois. Je vois sa main à lui, emmêlée dans ses cheveux à elle. Je vois leurs regards pleins d'étoiles. Ça ne se peut pas, Emma, souffrir comme ça. Ça ne se peut pas.

EMMA: Je sais… Mais ça ne va pas t'aider de t'isoler… T'as besoin de voir du monde, d'être entourée d'amis…

BÉATRICE: Je ne peux pas. Je ne peux pas y aller et risquer qu'ils soient là.

EMMA: Tu ne peux pas vérifier avec une de tes amies s'ils ont l'intention d'y aller?

BÉATRICE: Ça ne me tente même pas. Ça place mes amies dans une drôle de position. Et ils peuvent bien avoir décidé de pas y aller, et après changer d'idée. Le risque est trop grand. Je reste ici, un point c'est tout.

EMMA: Je reste avec toi, alors.

BÉATRICE: Tu ne peux pas faire ça! Tu portes un costume de couple avec Théo!

EMMA: Il s'en remettra. Je reste.

BÉATRICE: Faut que tu fasses attention à ton chum, si tu ne veux pas qu'il t'arrive la même chose qu'à moi.

EMMA: Excuse-moi de te dire ça, mais je pense que ton histoire m'a surtout appris à faire attention à mes amies. Il n'y a que les vraies amies qui sont toujours là pour nous.

À ces mots, Béatrice éclate en sanglots.

EMMA: Béa! Qu'est-ce qu'il y a? Qu'est-ce que j'ai dit?

BÉATRICE (à travers ses larmes): T'as tellement raison! Et moi, je t'ai tellement laissée tomber pour Sébastien! Je suis tellement une amie nulle! En plus de tout le reste!

EMMA: T'exagères. L'affaire de ton dîner, ça, j'avoue que c'était pas fort. Mais à part ça, tu étais bien correcte.

BÉATRICE: Au cégep, je suis restée avec les Snobinours au lieu d'être avec toi.

EMMA: T'as plus cliqué avec eux qu'avec mes amis, c'est tout.

BÉATRICE: T'es bien trop compréhensive.

EMMA: Béa, je suis ta meilleure amie. Je te connais plus que tu te connais toi-même. T'es une bonne amie, je te le promets. Bon, je vais texter Théo pour le prévenir. Ah, et Mia ! Elle allait venir avec nous. Mia !

Celle-ci passe la tête dans l'embrasure de la porte.

EMMA: On a changé d'idée. On ne va pas au party, finalement.

MIA: Ça fait mon affaire. Donc on reste ici ?

EMMA: Ben, nous, oui, mais si tu préfères sortir...

MIA: Pas du tout ! Tu sais quoi, je vais aller acheter quelques bouteilles de vin, plein de chips, et des bonbons. On va se déguiser en sorcières quand même, et on va donner des bonbons aux enfants !

EMMA: On n'a même pas de citrouille. Personne ne va s'arrêter ici.

MIA: Je vais me débrouiller.

Une quinzaine de minutes plus tard, Mia est de retour avec, comme promis, deux bouteilles de vin, deux sacs de chips, deux boîtes de mini-barres de chocolat et une citrouille en plastique qu'elle a trouvée au magasin à un dollar. Elle y dépose une petite chandelle électrique et la place devant la porte.

En riant, les trois filles revêtent leurs costumes de sorcières, même Béatrice qui semble un peu requinquée par la présence de ses colocs.

Une fois la citrouille allumée, ça se met vite à sonner à la porte. Emma et Mia s'arrangent subtilement pour que ce soit Béatrice qui réponde plus souvent qu'à son tour, dans l'espoir de la voir oublier un peu sa peine en parlant avec des princesses, des Jedis et des Minions.

En effet, elle semble un peu plus gaie, pendant quelques moments. Elle s'exclame sur les costumes des petits bouts de chou pendant que ses colocs entament la première bouteille de vin au salon.

Béatrice vient les rejoindre quand ça sonne de nouveau.

BÉATRICE : Encore !

Elle revient quelques instants plus tard, déçue.

EMMA : Qu'est-ce qu'il y a ?

BÉATRICE : Tout à l'heure, c'était chouette, mais là il commence à être tard et on dirait qu'il n'y a plus de petits enfants mignons qui passent. Il y a juste des ados dans des pseudo-costumes. Il y en a un qui était déguisé en rien ! Quand je lui ai demandé il était déguisé en quoi, il a sorti un masque trop nul de son sac à dos ! Franchement, ils nous prennent pour qui ?

MIA : Ben, c'est simple. On rentre la citrouille, on ferme les lumières, et on garde le reste du chocolat pour nous !

EMMA : Tu penses ?

MIA : Tellement ! Attendez-moi, je reviens.

Quelques minutes plus tard, Mia est de retour avec le bol de mini-barres de chocolat et la citrouille. Elle prend bien soin de tirer les rideaux et d'éteindre les lumières extérieures.

MIA : Bon ! On va avoir la paix. Qui reprend du vin ?

Emma et Béatrice répondent en même temps.

EMMA : Moi !

BÉATRICE : Non, merci.

EMMA : Allez, Béa, un verre.

BÉATRICE : Bon, OK, mais juste un. Je suis déjà assez mal comme ça. La dernière chose dont j'ai besoin, c'est de commencer à boire.

MIA : Santé, les filles !

Elles trinquent toutes les trois. Emma sent son téléphone vibrer et elle le regarde subrepticement. Elle sait que ce sera Théo, mais elle a décidé de se concentrer sur sa meilleure amie, ce soir. Déjà trois messages de sa part. Elle décide d'aller aux toilettes pour lui répondre.

Elle lit d'abord ses messages.

« Je suis vraiment déçu... »

« De toute façon, c'est peut-être mieux, vu qu'on y allait en meilleurs amis platoniques. Ça aurait pu te donner des idées. »

« Ben non, je rigole, j'aurais x1000 préféré que tu viennes. Allo ? »

Elle s'empresse de lui répondre.

« Je sais que c'est nul, mais je n'avais pas le choix ! Elle est vraiment à terre. Profite bien de ta soirée ! Je t'aime ! »

« Moi aussi ! »

Elle rejoint ses amies dans le salon quand la sonnerie de la porte retentit de nouveau.

MIA : Laisse tomber !

Ça sonne de nouveau, avec insistance.

EMMA : Sérieux ! Je vais aller leur dire ma façon de penser, à ces petits imbéciles.

Dès qu'elle ouvre, ses deux colocs l'entendent s'exclamer et elle revient vite au salon accompagnée de Noémie, munie d'une bouteille de vin.

BÉATRICE : Noémie ! Qu'est-ce que tu fais là ?

NOÉMIE : Ben, je venais d'arriver au party quand j'ai reçu ton texto. Astrid et Justine n'étaient pas là, elles allaient rejoindre leurs joueurs de hockey. Raphaëlle faisait la tête de pas avoir été invitée à sortir avec elles, Thomas et Ludovic ne me parlaient pas trop et… Et j'ai décidé que ça me tentait plus d'être ici. J'espère que c'est correct ?

MIA : Oui, c'est correct, à condition que tu nous dises t'es déguisée en quoi, exactement. En madame bourgeoise trop riche ?

NOÉMIE : Mais non ! En Audrey Hepburn dans *Breakfast at Tiffany's* !

MIA: Bah ! C'est la même affaire. Toute la machine hollywoodienne, c'est une conspiration capitaliste. L'opium du peuple !

EMMA : OK, bien dit, mais c'est fini, la chronique politique ! On est ici pour s'amuser et se changer les idées.

BÉATRICE (avec un petit sourire) : Me changer les idées, tu veux dire ? En tout cas, vous êtes vraiment gentilles d'avoir sacrifié votre soirée d'Halloween pour moi, les filles.

Emma sent que son amie s'apprête à pleurer.

EMMA : Ben non, arrête de jouer la martyre ! On aime ça les soirées de filles, pas vrai ?

Mia et Noémie hochent de la tête. Mia ressert à boire à tout le monde.

EMMA (avec un sourire taquin) : Même Mia ! Je ne sais pas ce qui t'arrive, ces temps-ci, mais t'es pas mal plus sociable que d'habitude. Est-ce que tu finirais pas par nous trouver un tout petit peu cool, après tout ?

MIA : Bof ! Pour être honnête, c'est surtout qu'en ce moment, ma vie c'est de la merde !

C'est dit sur un ton tellement grandiloquent que les filles éclatent de rire.

Quelques bouteilles de vin et autant de sac de chips plus tard, elles sont toujours bien installées au salon, à se parler de tout et de rien. Emma est contente de voir que Béatrice, si elle n'est pas exactement joyeuse, participe du moins à la conversation. Elle remarque par contre que son amie ne mange rien.

Pas une chips, pas une mini-barre de chocolat. Noémie non plus, à bien y penser. Tandis qu'elle et Mia se goinfrent depuis tout à l'heure.

Il est presque minuit quand le téléphone d'Emma vibre. Elle le regarde discrètement.

« Est-ce qu'il vous reste des bonbons, madame ? »

« Oui. Des super bonnes mini-barres de chocolat. »

« Miam. En auriez-vous pour un petit garçon sage ? »

« C'est le père Noël qui s'inquiète de savoir si les enfants sont sages. À Halloween, on peut être aussi turbulent qu'on veut. »

« Tant mieux. Parce qu'il y a un petit turbulent devant ta porte qui a pas mal envie d'une surprise sucrée. »

« Quoi ? T'es ici ? Mais tu sais que je passe la soirée avec les filles. »

« Tu vas bien réussir à te sauver cinq minutes ? Je ne suis pas trop gourmand. »

Emma se lève, marmonne des explications confuses, saisit trois barres de chocolat et sort du salon en prenant soin de refermer la porte derrière elle. Heureusement, les filles sont absorbées par leur conversation et lui accordent peu d'attention.

Elle ouvre la porte d'entrée, derrière laquelle elle trouve un Théo trop mignon avec ses lunettes rondes de Harry Potter et ses cheveux ébouriffés. Elle se jette dans ses bras, contente de le serrer contre elle. Il l'embrasse longuement. Puis, il la salue d'un geste de la main et repart sans dire un mot.

Emma l'appelle en chuchotant.

EMMA : Théo ! Attends ! J'ai tes mini-chocolats !

Il se retourne.

THÉO : C'est bon. T'es tellement *sweet** que j'ai besoin de rien de plus.

Et il s'éloigne dans la nuit.

Emma entre dans la maison, couverte de frissons, le sourire aux lèvres. Elle retourne au salon, rêveuse.

MIA (en l'observant) : T'as donc bien l'air satisfaite, toi ? Est-ce qu'il y a quelque chose qu'on ne sait pas ?

EMMA : Rien, rien. Je suis juste contente de passer une belle soirée avec vous. C'est tout.

Mia ne semble pas convaincue, mais n'insiste pas. Emma termine la soirée en tenant son petit bonheur bien au chaud dans son cœur.

---

* ***Sweet*** – Sucré, doux; mignon.

#34

Mia dormait profondément lorsqu'elle est réveillée par la sonnerie de son téléphone. Elle tend la main et répond en grognant.

MIA : Allo ?

SA MÈRE : Allo, ma chouette ! Devine je suis où ?

MIA : T'es où ?

SA MÈRE : Devant chez toi !

MIA (en se redressant dans son lit) : Quoi ? Devant mon appartement ?

SA MÈRE : Surprise !

Mia se lève en panique. Elle enfile un vieux pantalon de jogging et une chemise à carreaux qui traînaient par terre. Puis, elle court à la porte vérifier si sa mère dit vrai, ou s'il s'agit d'un canular.

Malheureusement, ce n'est pas une blague : c'est bien sa mère qui se tient debout sur le perron. Mia lui ouvre.

MIA : Qu'est-ce que tu fais là ?

SA MÈRE : Bonjour à toi aussi. Comment vas-tu ?

MIA : Laisse tomber les politesses. Qu'est-ce que tu fais là ?

SA MÈRE : Je rends visite à ma fille. Je ne vois pas ce qu'il y a de si extraordinaire.

MIA : Quand on habite à trois heures de route, et qu'il est huit heures du matin, il y a quand même quelque chose d'un peu extraordinaire.

SA MÈRE : Je voulais te faire une surprise, c'est tout ! J'ai dormi dans un hôtel de Longueuil hier soir, juste avant de traverser le pont.

MIA : Et ce soir ?

SA MÈRE : Quoi, ce soir ?

MIA : Ce soir, tu dors où ?

SA MÈRE : Je pensais dormir chez ma fille. T'as un lit double, non ?

MIA : Peut-être qu'en 1940, c'était un lit double, mais aujourd'hui, crois-moi, c'est un lit très simple. Je dormirai sur le divan...

SA MÈRE : Je savais qu'on trouverait une solution. Tu ne me fais pas visiter ?

Mia guide sa mère dans les pièces de l'appartement, évitant les chambres de ses colocs qui dorment encore. Elles terminent à la cuisine, où Mia prépare du café.

SA MÈRE : Pourquoi tu nous fais du café filtre ? C'est pas une machine à Nespresso, ça ?

MIA : Ces capsules-là, il y a rien de moins écolo au monde.

SA MÈRE (en souriant) : Toi et tes grands principes ! T'as pas changé.

MIA : Je pensais pas que tu savais c'était quoi, avoir des principes.

Sa mère ne dit rien, mais Mia voit bien qu'elle l'a blessée. Elle s'en veut un peu. Elle n'avait pas besoin de l'attaquer ainsi, de si bon matin. Mais il y a quelque chose chez sa mère qui vient la chercher, même quand elle se promet d'être gentille.

Mia se dit qu'il doit bien y avoir une raison qui a conduit sa mère chez elle sans prévenir, en plein milieu de la semaine, mais elle la connaît assez bien pour savoir qu'elle ne la lui confiera pas tant qu'elle ne sera pas prête à le faire. Elle laisse donc sa mère parler de tout et de rien, sans la questionner davantage sur les raisons de sa visite.

SA MÈRE : Tu commences tes cours à quelle heure ?

MIA : À neuf heures. Je vais devoir y aller.

SA MÈRE : Je vais venir avec toi. J'aimerais bien voir ton cégep.

MIA (horrifiée) : Il n'en est pas question ! Voyons, maman, tu ne peux pas rentrer dans mon cégep !

SA MÈRE : Pourquoi pas ?

MIA : Ça ne se fait pas, voyons !

SA MÈRE : Moi, je pense qu'il y a quelqu'un que tu ne veux pas que je rencontre. Est-ce que j'ai raison ? Tu rougis... T'as un petit chum, toi, hein ? Allez, tu peux me le dire !

MIA : Ce ne sont pas de tes affaires, et ça n'a rien à voir. Tu ne peux pas entrer au cégep parce que tu n'es pas étudiante, c'est tout ! Penses-tu qu'ils laissent n'importe quel inconnu se promener là ?

SA MÈRE : Si j'entrais avec toi, je suis certaine que personne ne dirait rien. On pourrait leur expliquer que je suis ta mère.

MIA : Maman, j'ai dit non, c'est non !

SA MÈRE : OK, OK. Seigneur. Pas besoin de paniquer.

À ce moment, Emma entre dans la cuisine en bâillant. Elle sursaute en voyant la mère de Mia.

EMMA : Euh, bonjour.

MIA : C'est ma mère. Maman, c'est ma coloc, Emma.

LA MÈRE DE MIA : Enchantée ! T'as donc bien des beaux cheveux, toi ! Ça vient d'où ?

EMMA : Euh, de la famille de ma mère.

LA MÈRE DE MIA : Et elle vient de quel coin, ta mère ?

EMMA : Elle est née à Montréal. Son père venait d'Abitibi et sa mère est syrienne.

LA MÈRE DE MIA : Syrienne ! Wow ! Je me disais bien que ce n'était pas des cheveux québécois, ça. En tout cas, ils sont bien beaux.

MIA (horrifiée) : Maman !

SA MÈRE : Quoi ? Je lui faisais un compliment sur ses cheveux !

MIA : Emma est aussi québécoise que toi, donc ses cheveux aussi sont québécois. Mon Dieu, c'est quoi, ces commentaires-là ? (Se tournant vers Emma) Je suis vraiment désolée.

EMMA (le regard fermé) : C'est rien.

Mia est tiraillée. Elle doit partir pour le cégep, à défaut de quoi elle va manquer son premier cours, mais elle hésite à laisser sa mère seule avec Emma qui n'a de toute évidence pas digéré son commentaire.

MIA : Maman, veux-tu t'installer dans ma chambre ? Je dois partir et Emma aussi a besoin de se préparer.

SA MÈRE : Non, non, je ne vais pas vous déranger. Je vais aller me promener, moi aussi.

MIA : Comment, toi aussi ? J'ai un examen de maths aujourd'hui et un travail de philo à remettre. Je fais tout sauf me promener.

SA MÈRE : Tu sais ce que je veux dire. As-tu une clé ?

Mia donne sa clé à sa mère et lui dit qu'elle la verra plus tard. Elle s'habille en vitesse, se brosse les dents et saisit son sac.

En marchant vers le cégep, elle ne peut s'empêcher de se demander quelle lubie a poussé sa mère à débarquer à Montréal sans crier gare. Mais elle n'est pas certaine d'avoir envie de connaître la réponse.

#35

BENOIT: Acte premier, scène première s'il vous plaît! Puis-je avoir Ciuta, Marianne, Coelio, Claudio, Tibia et Octave sur scène?

Béatrice se dirige vers la scène, la tête basse et le pas traînant. Elle avait tant craint ce moment: la première grosse répétition de théâtre depuis sa rupture.

Benoit leur parle quelques instants, donnant ses instructions, mais Béatrice ne l'écoute pas. Elle regarde ses ongles, tout en tentant quelques coups d'œil en direction de Sébastien. Celui-ci regarde droit devant et semble porter toute son attention sur les directives du metteur en scène. Florence, elle, se tient en retrait. Elle n'est pas à côté de Sébastien, ce que Béatrice apprécie. Peut-être qu'après tout, leur relation n'était qu'un feu de paille, un *rebound**, comme on dit en bon québécois. Elle l'espère de tout son être. Être privée de Sébastien, c'est déjà de la torture; le voir avec une autre, c'est pire que la mort.

BENOIT: Ciuta et Marianne sur scène, s'il vous plaît!

Oh que Béatrice avait appréhendé ce moment! Devoir être sur scène avec Florence, lui adresser la parole... Être comparée à elle, qui a un talent d'actrice certain, devant tout le monde! Devant Sébastien, surtout...

BENOIT: Ciuta, je te veux vieille et frêle, un peu voûtée. Marche vivement, mais traîne aussi la patte.

BÉATRICE: Je ne comprends pas. Je marche vivement ou je traîne la patte?

---

* ***Rebound*** – Relation temporaire post-rupture.

BENOIT : Tu bouges vivement, car tu es une entremetteuse très intéressée à ce qui se passe dans ton village, mais tu es vieille et tu boites un peu. Choisis de quel côté tu veux boiter et ne te trompe pas. Ça aurait l'air un peu fou que tu changes en plein milieu. Marianne, toi, tu es jeune et belle, la fille que tout le monde désire. Mais tu es une jeune fille de bonne famille, qui ne s'est pas encore fait courtiser, et tu n'es pas consciente de ton charme.

Béatrice n'en croit pas ses oreilles. La voilà vieille, bossue et boiteuse pendant que Florence se fera admirer à côté d'elle. C'est un véritable cauchemar.

BENOIT : Parfait. Allez, mesdemoiselles, on vous écoute.

Béatrice prend une profonde inspiration et prononce sa première phrase.

BÉATRICE : Ma belle dame, puis-je vous dire un mot ?

FLORENCE : Que me voulez-vous ?

BÉATRICE : Un jeune homme de cette ville est éperdument amoureux de vous ; depuis un mois entier, il cherche vainement l'occasion de vous l'apprendre ; son nom est Coelio ; il est d'une noble famille et d'une figure distinguée.

Cela lui fait profondément mal de prononcer ces paroles. Annoncer à Florence qu'un garçon est éperdument amoureux d'elle ! Ça ressemble beaucoup trop à la réalité, ou à ce qu'elle craint être la réalité.

FLORENCE : En voilà assez. Dites à celui qui vous envoie qu'il perd son temps et sa peine et que s'il a l'audace de me faire entendre une seconde fois un pareil langage, j'en instruirai mon mari.

Florence quitte la scène. Béatrice pousse un soupir de soulagement. Noah, un grand garçon doux qui joue le rôle de Coelio, s'approche d'elle.

NOAH : Eh bien ! Ciuta, qu'a-t-elle dit ?

BÉATRICE : …

Elle sait son texte; elle l'a appris par cœur et l'a récité plusieurs fois. Mais derrière Noah, elle voit Florence qui a rejoint Sébastien en arrière-scène et qui lui parle à voix basse. Sébastien penche sa tête vers elle et l'écoute, concentré.

Cette intimité évidente entre eux a l'effet d'un coup de couteau dans le cœur de Béatrice. Elle n'arrive pas à les quitter des yeux, même lorsque Benoit demande à Noah de reprendre. Celui-ci tente de croiser le regard de Béatrice en répétant son texte.

NOAH : Eh bien ! Ciuta, qu'a-t-elle dit ?

BÉATRICE : …

BENOIT (impatient) : Ciuta ! As-tu besoin d'avoir ton texte avec toi ? Il me semble qu'on a passé l'étape des lectures !

BÉATRICE (revenant à elle) : Je m'excuse, je… Je ne me sens pas bien.

En effet, la tête lui tourne, et elle a l'impression qu'elle pourrait éclater en sanglots à tout moment.

BENOIT : D'accord. Rentre te reposer. On se revoit la prochaine fois ?

BÉATRICE : Oui. Je suis vraiment désolée.

Du coin de l'œil, elle aperçoit Noah qui lui adresse un sourire compatissant et c'est presque assez pour la faire exploser devant tout le monde. Elle part en courant, détournant la tête afin de ne pas croiser le regard de Sébastien ou celui de Florence.

Arrivée dans la grande salle, elle est ravie de tomber sur Emma, qui étudiait à une table du café étudiant. Elle laisse tomber son sac et s'assoit à côté d'elle. Puis elle cogne son front contre la table plusieurs fois.

EMMA : Tant que ça ?

BÉATRICE : Pire.

EMMA : Qu'est-ce qui s'est passé ?

BÉATRICE : Répétition de théâtre. Florence. Sébastien.

EMMA : Aïe. Pauvre chouette. C'est vraiment nul.

BÉATRICE : C'est affreux. Je me suis sauvée avant de pleurer comme une enfant devant eux.

EMMA : Vas-tu continuer ?

BÉATRICE : Continuer quoi ? La pièce ? Je ne sais pas si j'ai le choix. Ça fait tellement longtemps qu'on répète… Ça serait vraiment chien de les obliger à trouver quelqu'un d'autre.

EMMA : Quand même, pour ta santé mentale…

BÉATRICE : Je ne sais pas… Je vais y penser. D'un côté, ça serait la solution facile, mais…

EMMA : Mais c'est pas ton genre de lâcher ?

BÉATRICE: C'est ça. Emma, je pense qu'ils sont vraiment ensemble. Ils avaient l'air d'un couple. Mon Dieu ! Pendant que je sortais avec Sébastien, j'ai tellement été l'être humain le plus naïf de la planète ! Ils passaient du temps ensemble sans arrêt, tout le monde me demandait si j'étais jalouse, et moi, la conne, qui disait ben non, ils sont juste amis ! La prochaine fois, je te jure que je vais me méfier.

EMMA: C'est sûr que c'était un peu louche. Mais penses-tu qu'il t'a laissée pour elle, finalement ?

BÉATRICE: Je ne sais pas. Il a ni confirmé ni nié. Je ne sais pas ce qui est pire, de toute façon. M'imaginer qu'il a juste arrêté de m'aimer, ou me dire qu'il m'a laissée pour une autre fille.

EMMA: Pourtant, vous étiez tellement amoureux ! Vous étiez le couple parfait.

BÉATRICE: Je le sais. Faut croire que ça n'existe pas, un couple parfait. Ou en tout cas, pas pour moi...

EMMA: Je suis vraiment désolée. C'est tellement pas cool.

BÉATRICE: Et toi, ça va bien, avec Théo ?

EMMA: Oui, ça va super bien.

BÉATRICE: Raconte ?

EMMA: Il n'y a pas grand-chose à dire...

Béatrice voit bien que son amie se retient de lui raconter son bonheur pour ne pas lui faire de la peine. Elle apprécie sa discrétion, mais ça la fait se sentir encore plus pitoyable. Par moments, elle n'en peut plus d'exister et elle a l'impression de n'être bien avec personne. Elle a la bougeotte et change sans cesse de place et d'environnement, espérant se sentir mieux ailleurs. Malheureusement, son mal-être semble plus tenace et la suit comme une ombre.

#36

De retour chez elle, Mia trouve sa mère en grande conversation avec Béatrice dans le salon. La pauvre Béa lui fait de gros yeux affolés, semblant chercher une façon de s'extraire du babillage de sa mère. En effet, celle-ci est sur une lancée.

LA MÈRE DE MIA: Je te le dis, ma petite fille, les hommes sont tous pareils. On ne peut pas leur faire confiance, même les meilleurs. C'est pas avec leur cerveau qu'ils réfléchissent, ça, je peux te le dire.

MIA: Maman ! Laisse Béatrice tranquille avec tes théories !

LA MÈRE DE MIA: Il est grand temps que vous sachiez à quoi vous en tenir. À votre âge, j'étais tellement naïve ! Je rêvais du grand amour, celui qui allait transformer ma vie… Aujourd'hui, je sais qu'il n'y a pas un homme qui peut faire ça et que si on veut que notre vie change, on doit la transformer nous-mêmes.

MIA: Je trouve ça ironique que tu dises ça.

LA MÈRE DE MIA: Oui, parce que tu me juges toujours durement !

BÉATRICE (mal à l'aise): Euh, moi, je pense que je vais vous laisser. Faut que j'étudie pour un test d'histoire.

LA MÈRE DE MIA: À tout à l'heure, ma belle fille. Et courage ! Tu vas trouver un autre garçon, tu vas voir.

MIA: Il me semblait qu'elle devait apprendre à changer sa vie sans homme ?

Béatrice hausse les épaules et se réfugie dans sa chambre. Mia se retourne vers sa mère.

MIA : Pourquoi es-tu réellement ici, Sylvie ?

SA MÈRE : Tu sais que ça me fait de la peine quand tu m'appelles Sylvie.

MIA : C'est quand même ton nom.

SA MÈRE : Peut-être, mais quand je suis avec toi, mon nom c'est Maman. Veux-tu que je te prépare à dîner ? Pour ta coloc aussi. Elle a l'air mal nourrie.

MIA : Elle mange juste des nouilles instantanées depuis un mois.

SA MÈRE : Des nouilles instantanées ? Est-ce qu'elle serait anorexique ?

Sylvie prononce ce mot comme s'il s'agissait d'une maladie exotique.

MIA : Non. Je ne pense pas. Elle a le cœur brisé, et elle doit rembourser des billets de spectacle super chers qu'elle a achetés pour le gars qui vient de la larguer.

SA MÈRE : Mon doux ! La pauvre ! Tiens, je sais. Et si je vous invitais au restaurant, toutes les deux ?

MIA : Arrête d'éviter le fond du sujet. Vas-tu bien finir par me dire ce que tu fais ici ?

SA MÈRE : Je pourrais, mais… Tu ne comprendrais pas.

MIA : Essaie pour voir.

SA MÈRE : Je sais que tu n'es pas d'accord avec mes choix de vie. Mais c'est ma vie, et il faut que tu respectes ça.

MIA (en marmonnant) : Tant que toi, tu te respectes toi-même…

SA MÈRE : Sois au moins polie ! Les jeunes, vous êtes tellement idéalistes, vous ne comprenez pas que la vie, c'est compliqué, des fois.

MIA : T'as peur de quoi, Sylvie ?

SA MÈRE : J'ai peur de quoi ? J'ai peur de me retrouver mère monoparentale. J'ai peur de perdre mes amis, et ma vie sociale.

MIA : T'as peur de perdre ton statut de femme mariée.

SA MÈRE : Et après ? Tu sais que ça serait compliqué, pour ton père et moi…

MIA : Justement ! Il devrait y penser, lui, avant de…

SA MÈRE : C'est plus fort que lui. Les hommes sont faibles. La chair est faible…

MIA : Arrête avec tes fausses citations bibliques ! Mon père, il n'a pas de cœur.

SA MÈRE : Toi, il t'aime, en tout cas. Tu lui manques beaucoup.

MIA : Ha !

SA MÈRE : Mais c'est sûr que ton départ lui a laissé le chemin libre.

MIA : Qu'est-ce que tu veux dire ?

SA MÈRE : Quand tu habitais à la maison, il rentrait au moins dormir toutes les nuits.

MIA : Tu veux dire que…

SA MÈRE : Je pense qu'il passe souvent la nuit chez elle.

MIA : Tu penses ? Il ne te dit pas où il est ?

SA MÈRE : Je ne m'abaisserai certainement pas à lui poser la question !

MIA : Alors quand il rentre, le lendemain, tu fais comme si de rien était ?

SA MÈRE : Je vis ma vie.

MIA : C'est vraiment pathétique, ton histoire. Dis-lui que t'es pas dupe, au moins ! Si tu ne le fais pas, moi, je vais le faire !

SA MÈRE : Certainement pas ! Je ne voudrais pas qu'il sache que tu es au courant des détails.

MIA : Sylvie, tout le monde est au courant. C'est petit, Québec.

Mia regarde sa mère qui se tord les mains, tentant de se trouver mille justifications. Autant elle est du côté de sa mère, autant ça la frustre de voir que celle-ci se laisse marcher dessus comme ça. Elle alterne entre une farouche envie de la défendre et le désir de la secouer et de l'engueuler pour qu'elle se prenne en main.

Mia a souvent l'impression d'être l'adulte, avec sa mère. Une impression inconfortable et désagréable, qui lui donne envie de se sauver et d'éviter ses appels. Mais en même temps, elle sait que sa mère est la victime dans toute cette histoire, et qu'elle ne mérite pas en plus d'être punie en se voyant éloignée de sa fille unique.

Elle prend donc sur elle, et se force à être là, à l'écouter. Même si elle hurle parfois à l'intérieur.

#37

Béatrice frappe à la porte de la chambre d'Emma. Celle-ci lui fait signe d'entrer.

EMMA : Ça va ?

BÉATRICE : Non…

EMMA : Qu'est-ce qui se passe ?

BÉATRICE : Comme d'habitude…

EMMA : Avais-tu une répétition de théâtre aujourd'hui ?

BÉATRICE : Oui…

EMMA : Et ?

BÉATRICE : Et ils ont l'air ensemble… Ils répétaient une scène à deux, aujourd'hui… Qui parlait d'amour, en plus. J'ai failli mourir.

EMMA : Je pense encore que tu devrais lâcher le théâtre.

BÉATRICE : Je ne sais pas… C'est comme le dernier lien qui me relie encore à lui.

EMMA : T'espères quand même pas qu'il va changer d'idée ?

BÉATRICE : Non… Je le sais, que c'est fini. S'il m'aimait encore ne serait-ce qu'une minuscule miette, il ne me ferait jamais souffrir comme ça…

EMMA : Je sais que c'est dur…

BÉATRICE : J'arrive pas à penser à autre chose… Qu'est-ce que tu fais, ce soir ? Veux-tu qu'on regarde un film ? J'ai besoin de me changer les idées.

EMMA : Ben… Théo vient étudier ici, et après on allait regarder Netflix. Tu… tu peux le regarder avec nous, si tu veux.

BÉATRICE : Votre série pas drôle, là ?

EMMA : De quoi tu parles, c'est super drôle !

BÉATRICE : Si tu trouves ça drôle de regarder un gars terriblement amoureux d'une fille qui ne veut rien savoir de lui…

EMMA : C'est passé à autre chose à la saison trois…

BÉATRICE : Tu vois, vous êtes déjà arrivés à la saison trois… Je ne vais pas me greffer à vous, je ne vais rien comprendre…

EMMA : Comme tu veux…

BÉATRICE : Je vais regarder un film dans ma chambre…

Elle ressort, les épaules voûtées. Emma la regarde s'éloigner, inquiète. Béatrice ne semble vraiment pas s'en remettre. Ce n'est pas étonnant, avec Sébastien et Florence qui s'affichent partout et forment le nouveau couple de l'heure au cégep.

La pauvre… Emma aimerait être davantage là pour elle, mais elle ne peut pas non plus imposer la tristesse de son amie à son chum tous les soirs.

Voilà la sonnerie. Ça doit être Théo. Emma s'empresse de répondre, puis de l'embrasser. Elle l'attire vers sa chambre, ne voulant pas étaler son bonheur sous les yeux de sa coloc. Et puis, elle n'est pas sûre que la mère de Mia soit repartie.

Théo s'installe sur son lit.

EMMA : C'était comment, ton hockey ?

THÉO : Pas mal. On a gagné 2-1.

EMMA : Pourquoi juste pas mal, alors ?

THÉO : Parce que l'autre équipe est super nulle. Au fond du classement. On aurait dû les démolir, mais on n'avançait pas, on dirait.

EMMA : C'est dommage.

THÉO (en souriant) : Tu sais que tu vas devoir venir me voir un jour, hein ?

EMMA (se cachant la tête derrière un oreiller) : Je le sais !

THÉO : Qu'est-ce qu'il y a de si effrayant ?

EMMA : De un, j'aime pas ça, le hockey. Je comprends jamais rien. De deux, il fait froid dans les arénas. Et de trois…

THÉO : Tes deux premières raisons étaient moyennement bonnes. Je sens que la vérité se cache dans la troisième.

EMMA : De trois… J'ai pas envie de… J'ai pas envie d'être comme Béatrice…

THÉO : Comme Béatrice ?

EMMA : Elle passait sa vie à l'aréna pour voir son chum jouer ! Elle n'avait pas de vie à elle. Je ne trouve pas ça sain… Et regarde ce que ça a donné.

THÉO : D'abord, je ne te demande pas de passer ta vie dans les arénas. Juste de venir me voir une fois de temps en temps. Et puis, je ne pense pas que Béatrice et Sébastien se sont laissés parce qu'elle allait le voir jouer trop souvent !

EMMA : Je sais que c'était plus compliqué que ça. Mais des fois, ça me fait peur.

THÉO : Je ne sais pas trop quoi te dire…

Emma sent l'agacement qui pointe dans la voix de Théo. Elle se dit qu'elle ferait mieux de changer de sujet avant de devenir la blonde paranoïaque qui stresse pour rien.

EMMA : As-tu vu les gars ce soir ?

THÉO : Je suis passé chez Nathan après mon dernier cours. William était en grande répétition.

EMMA : En répétition de quoi ?

THÉO : De la grande déclaration d'amour qu'il s'apprête à faire à Béatrice.

EMMA : Vraiment ? Il perd complètement son temps.

THÉO : On ne sait jamais. Des fois, quand on se sent rejeté, ça fait du bien de savoir que quelqu'un d'autre s'intéresse à nous.

EMMA : Je ne sais pas... Elle est vraiment à terre. Elle m'inquiète. Je me demande si je passe assez de temps avec elle...

THÉO : En tout cas, ma vie était beaucoup plus simple quand vous étiez en froid.

EMMA : Béatrice et moi ? Pourquoi ?

THÉO : Tu culpabilisais moins à chaque fois que tu passais une soirée en tête-à-tête avec moi.

EMMA : Je ne culpabilise pas !

THÉO (en l'enlaçant) : Ah non ? Comment ça se fait alors qu'on parle presque juste de Béatrice depuis que je suis arrivé ?

Pour toute réponse, Emma embrasse longuement son chum, se promettant de mieux réussir, à l'avenir, à jongler avec ses besoins et ceux de sa meilleure amie. Elle sourit tout de même en se faisant la réflexion que c'est la vie à l'envers ! Il n'y a pas si longtemps, c'était elle qui reprochait à Béatrice de la négliger pour son chum...

#38

Mia est assise dans un fauteuil de cuir profond, les pieds sur une table basse et son ordinateur en équilibre sur ses genoux. Elle pianote fiévreusement tout en s'exclamant parfois à voix haute.

Guillaume, habitué à ces élans de passion, répond par monosyllabes et demeure plongé dans son travail.

MIA : Ce qui me tue, c'est le petit racisme ordinaire.

GUILLAUME : Hmm…

Elle reprend quelques minutes plus tard.

MIA: Non, mais, écoute ça ! En dessous d'un *post* sur Facebook où on apprend que le sol où des musulmans voulaient faire construire un cimetière est contaminé, il y a des dizaines d'imbéciles qui décident de prendre cinq minutes de leur journée pour écrire des insanités.

GUILLAUME (distrait) : Comme quoi ?

MIA : « De toute façon, le sol allait être contaminé avec cette charogne », ou l'éternel et très élégant « Qu'ils foutent donc le camp chez eux ! ». Ça me sidère.

GUILLAUME (relevant la tête): C'est bien que ça te sidère encore. Moi, j'en ai trop vu et trop entendu pour être encore surpris de la laideur de la nature humaine.

Mia marmonne quelques mots inintelligibles et se replonge dans son écran.

Elle aime ces séances de travail quotidiennes chez Guillaume. Il prépare toujours un gros pot de thé à la menthe qui la garde bien au chaud dans la froideur de novembre. Ils sont de bons compagnons, tous les deux; ils sont capables de travailler côte à côte, en silence, mais savent aussi se motiver et se remettre en question en partageant leurs réflexions avant de retourner chacun à leur écran.

Mia néglige un peu ses études pour travailler avec Guillaume, mais elle n'arrive pas à faire autrement. Elle a l'impression qu'elle réussira à faire une vraie différence, à contribuer à modeler la société de demain. Et cela lui semble beaucoup plus important qu'une analyse de texte littéraire, le travail qu'elle a par ailleurs à remettre le lendemain.

Même les examens de fin de session, qui se profilent au loin et dont beaucoup d'élèves commencent à parler, ne la stressent pas trop. Elle se dit que ce n'est pas la vraie vie, l'école, alors que ses efforts auprès de Guillaume pourront avoir un réel impact.

Et puis, c'est tellement valorisant d'œuvrer avec lui... Il n'est jamais complaisant, ne la laisse jamais s'en sortir avec une analyse facile ou un travail bâclé. Il est exigeant, mais il nourrit son esprit tout autant qu'il le stimule. Elle n'a jamais l'impression d'être aussi profondément vivante que quand elle débat avec lui, tard dans la nuit, des différences entre les perceptions actuelles et historiques face aux nouveaux arrivants.

Ce soir-là, vers onze heures, Guillaume s'étire et demande à Mia si elle a faim.

MIA: Ça dépend de ce que tu as à m'offrir.

GUILLAUME : Je ne sais pas… J'ai pas grand-chose, mais j'ai un petit creux. Un grilled cheese* ?

MIA : Un vrai de vrai, avec du fromage en tranches orange ?

GUILLAUME (en riant) : Un vrai de vrai.

MIA : Ça fait tellement longtemps que je n'en ai pas mangé ! Ma mère me préparait toujours ça quand j'étais petite et que j'étais malade. Un de mes meilleurs souvenirs d'enfance, c'est quand je restais à la maison pour regarder des films sous la couette avec mon grilled cheese au lieu d'aller à l'école…

GUILLAUME : Je te prépare ça.

MIA : Je te préviens qu'il n'y a aucune chance qu'il soit aussi bon que celui de ma mère.

GUILLAUME : Pain blanc, beaucoup de beurre et du fromage Kraft. Je ne vois pas où je pourrais me tromper.

MIA : Tout est dans la cuisson.

GUILLAUME : Tu le veux très toasté ou juste doré ?

MIA : Juste doré, mais avec le fromage super fondu.

GUILLAUME : Ouh, t'es difficile ! Ne t'inquiète pas, j'aime les défis.

Il revient quelques minutes plus tard avec un grilled cheese qui est, comme demandé, juste doré mais avec du fromage dégoulinant.

MIA (posant son ordinateur) : Je suis impressionnée ! Maintenant, le test du goût… Wow ! En cas de besoin, je sais qui appeler !

---

* **Grilled cheese** – Sandwich chaud composé de pain, de beurre et de fromage fondu.

GUILLAUME : C'est sûr que si ta mère est à Québec, je suis une option un peu plus pratique.

MIA : Attention à ce que tu dis ! À mon prochain gros rhume, tu pourrais le regretter !

GUILLAUME (en souriant) : Tu dois être mignonne quand t'es malade.

Mia se sent rougir un peu. Chaque fois que Guillaume est gentil avec elle, qu'il lui parle de sujets plus personnels, elle ne peut s'empêcher de... de se demander s'il pourrait y avoir plus, entre eux.

Depuis qu'elle le connaît, qu'elle passe du temps avec lui, elle ne pourrait plus s'imaginer s'intéresser à un garçon de son âge. Elle trouve qu'ils manquent de maturité et que leurs champs d'intérêt sont puérils.

Pour le moment, elle se contente de mâcher son sandwich sans lui répondre. Elle ne saurait pas ce qu'elle pourrait dire qui ne lui donnerait pas l'air idiote ou pathétiquement reconnaissante de la moindre parcelle d'intérêt qu'il lui porte.

Elle sait très bien qu'elle n'a aucune chance d'intéresser un homme comme lui, qui doit sortir avec des femmes de son âge, bien plus intéressantes qu'elle et ses maigres presque dix-huit ans.

Il y a des jours où elle aimerait posséder une baguette magique et se vieillir d'un coup.

#39

Béatrice est assise dans la grande salle. Elle tient un café noir qu'elle est trop distraite pour boire, s'en servant davantage pour réchauffer ses mains gelées. Elle ne sait pas si c'est à cause de son malheur, mais elle a toujours l'impression d'avoir froid, ces jours-ci.

C'est un après-midi tranquille et elle est contente qu'il n'y ait presque personne. Avec la fin de session qui approche, la bibliothèque est bondée. Cela fait l'affaire de Béatrice, qui est plus à l'aise de passer du temps dans la grande salle lorsqu'elle ne risque pas d'y croiser Sébastien et Florence.

Ou même Astrid, Justine et Raphaëlle. Ses amies lui promettent fidélité et jurent détester Florence, qui aurait «trop d'opinions». Béatrice devine que cela signifie qu'elle ne partage pas assez souvent celles d'Astrid. Mais il demeure que Sébastien était leur ami en premier, et que Béatrice n'ose pas se joindre à elles sur le banc si ce dernier est dans les parages.

Elle feuillette distraitement ses notes de cours d'histoire quand elle sent la présence de quelqu'un, debout à quelques centimètres d'elle. Elle relève la tête et découvre William, un ami d'Emma à qui elle a parlé quelques fois.

BÉATRICE : Salut, William.

WILLIAM (la voix étranglée): Salut.

Béatrice se demande s'il va bien. Il est en sueur dans son col roulé. Mais elle ne le connaît pas assez pour lui poser la question.

William prend une profonde inspiration. Béatrice trouve cela de plus en plus étrange.

WILLIAM (parlant d'un coup sans respirer): Béatrice-je-t'aime-de-loin-depuis-toujours-le-plus-beau-jour-de-ma-vie-c'est-quand-tu-es-devenue-célibataire-ça-m'a-tout-pris-pour-oser-t'adresser-ces-quelques-mots-tant-ta-beauté-me-réduit-à-néant-veux-tu-sortir-prendre-un-café-avec-moi-ce-soir-et-faire-de-moi-le-plus-heureux-des-hommes-de-la-terre ?

Béatrice éclate en sanglots et s'éloigne en courant, laissant derrière elle son café noir et un William hébété.

Elle sort dehors sans prendre la peine d'enfiler son manteau. Elle a besoin d'air. Besoin de respirer. Besoin de fuir ce monde où des William sans intérêt se sentent le droit de lui faire des déclarations et de s'attendre à une réponse favorable de sa part. Ce monde sans Sébastien pour les chasser tous, leur crier qu'elle est à lui et qu'elle n'aime que lui.

Elle sanglote en frissonnant quand elle entend quelqu'un qui s'approche. Elle se retourne. C'est Thomas, le meilleur ami de Sébastien et son assistant-capitaine dans l'équipe de hockey du cégep.

THOMAS (inquiet): Béatrice ? Ça va ?

Béatrice se demande si c'est stratégique d'avoir l'air aussi pathétique devant le meilleur ami de Sébastien. Puis, elle se dit qu'elle n'a plus grand-chose à perdre, ayant déjà tout perdu.

BÉATRICE : Ça va… C'est rien.

THOMAS : Tu frissonnes ! Tu dois être gelée !

BÉATRICE (en souriant à travers ses larmes): T'as pas ton manteau toi non plus !

THOMAS : Je t'ai vue sortir en courant et je me suis inquiété.

BÉATRICE : T'es vraiment gentil !

Cette attention qu'il lui porte menace de la faire éclater en sanglots de nouveau.

THOMAS (lui parlant doucement comme à un animal effarouché) : Est-ce que... Est-ce qu'on pourrait rentrer à l'intérieur et se parler au chaud ?

BÉATRICE (en reniflant) : Je ne veux pas aller dans la grande salle.

THOMAS : OK... J'ai une idée. Viens.

Béatrice le suit à travers un dédale de corridors et d'escaliers. En montant d'un étage, en traversant le pavillon principal et en redescendant, ils se retrouvent de l'autre côté de la grande salle sans l'avoir traversée. Là, se trouve la cafétéria des élèves de l'école secondaire attenante au cégep. Les étudiants du cégep y ont théoriquement accès, mais ne la fréquentent jamais, lui préférant le café étudiant ou la multitude de restaurants, de pubs et de cafés dans le quartier.

Thomas prend un plateau et y dépose deux chocolats chauds. Il se dirige vers la caisse, où une dame d'un certain âge le salue chaleureusement.

LA DAME : Si c'est pas le beau Thomas ! Tu ne viens pas nous voir assez souvent !

THOMAS : Bonjour, madame Lafleur.

MADAME LAFLEUR: Deux chocolats chauds pour toi et ta petite amie? Ça va te faire 2,95 $, mon homme.

Thomas paie et salue madame Lafleur. Il guide Béatrice vers une grande table vide, où ils s'assoient tous les deux.

BÉATRICE: T'as l'air d'être populaire ici!

THOMAS: J'ai fait tout mon secondaire ici. Je voyais madame Lafleur tous les midis.

BÉATRICE: T'es gentil avec elle.

THOMAS: C'est elle qui est tout le temps gentille avec moi! Des fois, elle me donnait du chocolat gratuit. Quand j'étais genre en secondaire un ou deux et que les plus vieux me faisaient la vie dure.

Il observe Béatrice.

THOMAS: Tu grelottes encore! Tiens, mets mon pull.

Il retire son pull en laine et le lui passe par-dessus la table. Béatrice accepte, reconnaissante. C'est vrai qu'elle n'arrive pas à se réchauffer. Elle enfile le pull qui sent étrangement bon. Elle se sent enveloppée et réconfortée.

BÉATRICE: Merci…

THOMAS: Comment tu vas?

BÉATRICE: Je vais moyennement bien. C'est pas facile…

THOMAS: Je te comprends… Mais tout à l'heure, qu'est-ce qui s'est passé pour que tu sortes dehors en courant comme ça?

BÉATRICE: Ah… C'est stupide. C'est un gars… Un ami d'Emma… Il a décidé de me déclarer ses sentiments.

THOMAS (faussement horrifié): Oh, mon Dieu, c'est affreux ! Quelqu'un qui t'aime !

BÉATRICE (en riant): Je sais que ce n'est pas si grave que ça. De un, j'étais mal à l'aise, et de deux, je pense que ça m'a fait réaliser à quel point c'est vraiment fini, avec Sébastien... Je suis arrivée là. Peux-tu croire qu'il a osé me dire que le jour où on avait cassé, Sébastien et moi, c'était le plus beau jour de sa vie à lui ?

THOMAS : J'avoue que ça manque de délicatesse...

BÉATRICE: Carrément ! De toute façon, ce gars-là, il ne m'aurait jamais intéressée. Il est gentil, mais sans plus. Mais même si ça avait été le gars le plus extraordinaire de la terre, son *timing* est atroce.

THOMAS : Pourquoi ?

BÉATRICE : Je suis trop en deuil de Sébastien pour pouvoir m'intéresser à quelqu'un d'autre.

THOMAS : Ah.

BÉATRICE : Ça t'étonne ?

THOMAS: Non. Je pense qu'en ce moment tu as surtout besoin d'amis.

BÉATRICE : Exactement ! C'est pas toujours évident...

THOMAS : Pourquoi ?

BÉATRICE : Je me rends compte qu'en arrivant au cégep, je me suis surtout fait des amis parmi votre gang. J'ai ma coloc Emma, mais elle a ses amis à elle, elle a un chum... Elle n'est pas toujours disponible. Et avec votre gang… C'est compliqué.

THOMAS : Qu'est-ce qu'il y a de compliqué ?

BÉATRICE : Quand Sébastien est avec vous, je ne peux pas venir… Et les filles… Je ne sais pas. Elles sont bizarres depuis un moment.

THOMAS : Comment, bizarres ?

BÉATRICE : Je ne sais pas. Juste bizarres.

THOMAS : Bon, ben, moi alors, je vais te promettre de ne jamais être bizarre et d'être juste ton ami. Et je suis disponible pour un chocolat chaud de cafétéria et un bisou de madame Lafleur quand tu veux.

BÉATRICE : Merci. C'est vraiment gentil. Mais… un bisou ? Vraiment ?

THOMAS (avec le sourire) : C'est une grande passionnée, madame Lafleur.

Béatrice éclate de rire. Elle a l'impression que c'est la première fois que ça lui arrive depuis…

Depuis.

#40

Assis dans le sofa du salon, Emma et Théo s'embrassent quand ils entendent deux sonneries en simultané. Ils s'interrompent en riant, semblant se demander du regard si c'est correct de consulter leurs messages. La tentation est trop forte et ils tendent chacun la main vers leur appareil en riant encore plus.

EMMA: Tout ça pour un message de groupe de Nathan !

THÉO: Si j'avais su, je ne me serais pas arrêté pour ça.

EMMA: Il demande qui veut prendre une bière au MacFarlane's ce soir, vers vingt heures. Est-ce que ça te tente ?

THÉO: Faut vraiment que j'étudie… Les examens de fin de session arrivent vite.

EMMA: On n'est pas censés être en train d'étudier, là ?

THÉO: Interrompre une séance d'études pour t'embrasser, c'est beaucoup plus logique qu'interrompre une séance d'études pour boire de la bière dans un bar.

Le téléphone d'Emma émet une sonnerie de nouveau. Elle consulte son écran.

EMMA: C'est Rosalie. Elle dit que je ferais mieux d'être là ce soir, car elle a un potin de la mort.

Elle lève les yeux vers Théo, pleine d'espoir.

EMMA: Dis oui !

THÉO: Je suis trop en retard en maths, c'est la catastrophe !

EMMA: J'ai une idée. On étudie comme des défoncés sans distraction aucune jusqu'à vingt et une heures. Puis, on les rejoint. De toute façon, après cette heure-là, il n'y a plus rien qui rentre.

THÉO : Parle pour toi. Moi, ça rentre vingt-quatre heures sur vingt-quatre.

EMMA (en riant) : Arrête de plaisanter ! Pour de vrai, tu dis quoi ?

THÉO : OK, mais c'est bien parce que c'est un potin de la mort. Si c'était un petit potin ordinaire, je resterais étudier.

EMMA : Ha ! Tu joues au dur, mais t'es aussi curieux que moi ! Avoue !

THÉO : Sans commentaire. Bon, on étudie ou pas ?

Au MacFarlane's, Nathan et William sont assis devant deux petits verres de bière tandis que Rosalie et Aïcha boivent chacune un café au lait. Emma et Théo se glissent à leurs côtés sur la banquette.

THÉO : C'est le gros party ici ce soir.

NATHAN : C'est les filles qui nous culpabilisent.

ROSALIE : Tous nos efforts de la session n'auront servi à rien si on lâche le morceau maintenant. Les examens de fin de session comptent pour le tiers ou la moitié de notre note !

AÏCHA : Arrête, tu veux ? Je suis déjà assez stressée comme ça. Je pensais qu'on venait ici pour se relaxer, pas pour angoisser encore plus.

WILLIAM : Vous stressez pour rien ! Les notes, il n'y a pas grand-chose qu'on puisse y faire. Les bons ont des bonnes notes et les nuls ont des mauvaises notes. C'est tout !

EMMA : Je veux bien croire que chaque être humain ait une quantité innée de talent ou d'intelligence, mais après, pour chaque personne, les résultats peuvent monter ou baisser selon ses efforts. Je veux simplement faire le mieux que moi je suis capable de faire.

ROSALIE : C'est ça ! Il faut donner son maximum !

NATHAN : Mon maximum, moi, il est beaucoup plus maximisé quand j'ai pris une bière pour me relaxer.

THÉO : À chacun son truc. Pour moi, un café, ça va faire l'affaire. Je vais étudier un peu en rentrant.

À ce moment, il consulte son téléphone qui vibre sur la table.

THÉO : Ah, parfait.

EMMA : C'est qui ?

THÉO : Olivia, une fille de mon cours de maths. Il me manquait des notes de cours et elle va me les envoyer.

EMMA : Ah ! Je la connais pas ?

THÉO : Comme je te disais, c'est une fille de mon cours de maths.

ROSALIE : Hé, vous êtes pas curieux, ou quoi ? Je vous ai dit que j'avais un méga potin !

THÉO : Non. T'as dit que c'était un potin de la mort. Si ça avait été juste un méga potin, je serais resté étudier.

ROSALIE : OK. Vous devinerez jamais qui a été invitée au cinéma demain soir avec… Marco, le président du conseil étudiant !

AÏCHA : Oh, il est vraiment mignon ! C'est qui ?

ROSALIE : C'est… moi ! ! !

AÏCHA : Aah ! Malade !

EMMA : Euh, Rosalie, quand c'est à ton propre sujet, ça peut pas être un potin. C'est une nouvelle. Le mot « potin » implique qu'on parle de quelqu'un d'autre.

ROSALIE : Sois pas rabat-joie ! Ma « nouvelle », alors, t'en dis quoi ?

EMMA : Ben… Je ne sais pas. Je l'ai vu, au débat des élections étudiantes, et il avait l'air un peu bête. Il parlait juste de faire le party.

ROSALIE : Qu'est-ce qu'il y a de mal à faire le party ?

EMMA : Absolument rien, mais quand quelqu'un s'engage en politique étudiante, il me semble que ça serait bien qu'il soit intéressé par d'autres enjeux.

ROSALIE : Peuh ! Tu te tiens trop avec ta coloc, toi…

NATHAN : Parlant de colocs…

WILLIAM : Ta gueule !

EMMA : Tu l'as fait ? Elle ne m'a rien dit.

ROSALIE : Attendez un instant, les amis. Qui a fait quoi ?

NATHAN : William a déclaré son amour à Béatrice.

ROSALIE : Comment ça a été ?

William hausse les épaules, refusant de répondre.

ROSALIE : Nathan, raconte !

NATHAN : Elle n'a rien dit, elle s'est mise à pleurer et elle s'est sauvée en courant.

AÏCHA : Ouch. Ça fait mal.

ROSALIE : J'avoue que c'est un encore meilleur potin que le mien.

NATHAN : Oui, le pauvre, il s'est vraiment planté.

WILLIAM : Allo ! Vous pourriez au moins attendre que je parte avant de parler de moi dans mon dos !

NATHAN (lui faisant une tape sur l'épaule) : On parle pas de toi dans ton dos, voyons ! On rit de toi dans ta face !

WILLIAM : Tu penses que c'est mieux ?

Théo ricane. Emma se retourne, surprise. Ce n'est pas son genre de rire ainsi du malheur de son ami.

Mais elle voit qu'il n'a pas écouté leur conversation et qu'il est plongé dans son écran, où il tape un emoji de visage qui rit aux larmes.

EMMA : Qu'est-ce qu'il y a de si drôle ?

THÉO : C'est Olivia. Elle m'a écrit une blague vraiment stupide sur un de nos problèmes de maths. Tu ne comprendrais pas.

En effet, Emma ne comprend pas et elle n'est pas sûre d'aimer ça…

#41

MIA: Les filles, c'est la première fois de ma vie que je prononce ces mots, mais... je ne sais pas quoi mettre.

Béatrice et Emma se retournent, surprises.

EMMA: Il me semblait que la mode, ça faisait partie d'une conspiration capitaliste pour asservir la femme et la garder prisonnière de futilités qui l'empêchent de se battre pour son émancipation ?

MIA (pince-sans-rire): Wow, j'aurais jamais imaginé que tu portais tant attention à la moindre de mes paroles.

BÉATRICE: Emma, arrête de l'embêter.

EMMA: Je trouve ça ironique, c'est tout.

BÉATRICE: Où tu vas ?

MIA: Dans une soirée organisée par *La Presse* pour souligner ses personnalités de l'année. Il y a la directrice d'un centre qui lutte contre le racisme systémique qui est lauréate. Le centre a une table et ils nous ont invités, Guillau... euh, M. Lapré et moi.

EMMA: Ton chum et toi, tu veux dire ? Hé, parlant de chums, devine avec qui mon amie Rosalie sort ?

MIA: Qui ?

EMMA: Marco, tu sais, l'idiot qui était contre toi aux élections ?

MIA: Vraiment ? Je ne sais pas pourquoi, mais je ne le sens pas, ce gars-là.

EMMA: Avec raison. Je le trouve vraiment bête.

MIA: Qu'est-ce qu'elle lui trouve ?

EMMA: Ben… C'est un gars normalement constitué et il s'intéresse à elle.

BÉATRICE : Emma ! Ça peut pas être juste ça ?

EMMA: Je sais pas… Rosalie a jamais été super difficile. En fait, je l'ai rarement entendue dire non à un gars.

MIA : Elle manque de confiance en elle.

BÉATRICE : Bon, fini la psychothérapie à cinq cents. C'est quoi tes options, pour ce soir ?

MIA : Ben… J'ai mon chemisier en dentelle noire, là…

BÉATRICE : C'est vrai qu'il est beau. Quoi d'autre ?

MIA : Un jeans ?

BÉATRICE : Ah non, tu peux pas aller là en jeans.

EMMA : Moi, je trouve qu'elle devrait rester elle-même. Elle ne va quand même pas se déguiser en poupée !

BÉATRICE : Il y a une marge entre se déguiser en poupée et aller à une soirée chic en jeans troués. T'as pas un pantalon que tu pourrais mettre avec ton chemisier ?

MIA: Pas vraiment… Sauf un pantalon d'armée avec plein de poches.

BÉATRICE: Oublions ça tout de suite. Emma, t'as pas quelque chose qui ferait l'affaire ?

EMMA : Moi ?

BÉATRICE : Oui, toi. Tu sais, l'an dernier, pour Noël, tu avais porté un pantalon noir taille haute ?

EMMA: Ah… Oui. Il doit traîner quelque part dans ma garde-robe.

MIA: Laisse tomber. Je veux pas te tordre le bras.

BÉATRICE: Mais non! Ça va lui faire plaisir. N'est-ce pas, Emma?

EMMA: Oui, oui. Tu peux le mettre.

BÉATRICE: Et moi, je vais te prêter des bijoux. Je peux te faire tes cheveux, si tu veux.

MIA: Mes cheveux? Tu leur ferais quoi?

BÉATRICE: Une mise en plis! Avec un peu de maquillage, ça ferait super chic.

MIA: Je ne veux pas avoir l'air d'une Barbie!

BÉATRICE: Fais-moi confiance. En plus, j'ai rien à faire ce soir. Ça va me changer les idées.

EMMA: T'as rien à faire à part étudier, tu veux dire. T'as pas un travail de français à remettre demain?

BÉATRICE: Oui, oui... Mais j'arrive pas à me concentrer.

EMMA: T'as pas le choix, Béa! T'as presque pas étudié depuis...

BÉATRICE: Tu peux le dire. Depuis que ma vie s'est écroulée.

MIA: J'ai pas étudié tellement non plus.

EMMA: Mais tu comprends pas. Béa, c'est pas une fille de dernière minute. Normalement, elle fait un plan de travail genre six semaines à l'avance! (Se retournant vers Béatrice) Tu vas paniquer si tu attends trop.

BÉATRICE : Peut-être, mais je verrai une fois là. Bon, Mia, tu viens dans ma chambre choisir des boucles d'oreilles ? J'en ai des longues en argent qui t'iraient super bien.

Mia est nerveuse en sortant du métro à la station Place-des-Arts. Guillaume lui a promis de l'attendre à la billetterie. Elle s'avance, puis elle le voit, en grande conversation avec une femme qu'elle ne connaît pas. Elle n'ose pas s'approcher, de peur de les interrompre. Enfin, il regarde autour de lui, semblant la chercher. Elle lui fait un petit signe discret de la main. Du geste, il l'encourage à le rejoindre.

GUILLAUME : Salut, Mia. Ça va ?

MIA : Oui.

GUILLAUME : Je te présente Cassandre Prud'homme. Cassandre, je te présente Mia Gendron, mon assistante de recherche.

CASSANDRE : Enchantée.

MIA : Bonsoir.

GUILLAUME (en regardant sa montre) : On va devoir y aller. On se croise tout à l'heure ?

CASSANDRE : À tout à l'heure !

Mia la regarde s'éloigner. Ses longs cheveux roux tombent en cascade dans son dos. Elle est superbe dans sa robe fourreau de velours noir qui fait ressortir le blanc laiteux de sa peau.

MIA : Tu la connais d'où ?

GUILLAUME : On était au cégep ensemble. On y va ?

Ils sont accueillis chaleureusement à leur table par l'équipe du centre de recherche, surtout par sa directrice, madame Ambroise, qui est de toute évidence nerveuse à l'idée de monter sur scène. Elle parle sans arrêt, répète les mêmes questions et ne semble pas écouter les réponses.

En début de soirée, l'animatrice prend la parole. Elle souhaite la bienvenue et parle de la soirée à venir. Puis, elle prononce un nom qui attire immédiatement l'attention de Mia.

L'ANIMATRICE : Je tiens à souligner la présence parmi nous de Cassandre Prud'homme, grande danseuse contemporaine, de retour à Montréal après cinq ans passés à New York et à Paris. Mme Prud'homme est l'une de nos personnalités de la semaine et je l'invite sur scène pour vous adresser quelques mots.

La foule applaudit chaleureusement. Mia est impressionnée : une danseuse de calibre international ! Elle pouvait bien avoir une belle démarche.

Mia applaudit fort, se sentant privilégiée d'être là, ce soir, parmi tant de gens influents. Elle se retourne pour remercier Guillaume d'un sourire car, sans lui, elle n'aurait jamais eu accès à une telle soirée. Mais Guillaume suit Cassandre Prud'homme du regard et ne remarque pas le geste ébauché par Mia.

Cassandre s'avance vers le micro.

CASSANDRE : Je vous remercie ! C'est un honneur pour moi d'être ici, parmi tant de personnalités de renom. Et c'est un plaisir d'être de retour chez moi, à Montréal, et d'y retrouver tant de visages connus.

Mia se demande si c'est elle qui imagine des choses, ou si Cassandre a regardé Guillaume en prononçant ces paroles? Elle se retourne vers lui. Il sourit en regardant la scène.

Mia se sent trembler à l'intérieur. Si elle avait encore le moindre doute, ce n'est plus le cas ce soir: elle est en train de tomber amoureuse de Guillaume. L'idée qu'il puisse s'intéresser à cette Cassandre l'horripile; elle a chaud, elle a froid, elle a l'impression de vivre un cauchemar. Elle s'enfonce dans son siège, ne sachant pas quoi dire ni comment réagir.

Et puis, que peut-elle faire? Il n'y a aucune, mais aucune chance au monde que Guillaume la préfère à une femme comme Cassandre Prud'homme! Non seulement elle a son âge, mais elle est sublime, c'est une danseuse émérite, et elle est personnalité de la semaine de *La Presse*! Et Mia, elle… Elle n'est qu'une étudiante du cégep, un peu trop petite, un peu trop brune, un peu trop jeune…

La tête lui tourne. Elle se lève en marmonnant de vagues excuses et elle se dirige vers les toilettes.

Elle s'asperge le visage d'eau froide avant de se rendre compte que cela a pour effet de faire couler le discret maquillage que Béatrice lui a appliqué. Qu'à cela ne tienne; de toute façon, ce n'est pas elle de se grimer comme ça. Elle prend du savon à main et se lave le visage jusqu'à ce qu'il soit complètement propre. Puis, elle sort un élastique à cheveux de son sac et se fait une queue de cheval. Elle retire les boucles d'oreille de Béatrice et les range dans une pochette de son sac. Elle ne peut pas magiquement transformer son pantalon chic en tenue de l'armée, mais, ce léger détail mis à part, elle se sent redevenir elle-même. Et ça lui fait du bien. Comment a-t-elle pu penser qu'elle pouvait se transformer en adulte, le temps d'une soirée ! Elle est la petite assistante de recherche, rien de plus. C'est ainsi que Guillaume l'a présentée à Cassandre, parce que c'est ce qu'elle est.

Elle se demande si elle devrait rentrer chez elle. Mais elle se faisait une joie d'assister à cette soirée qui sera inspirante, et qui lui permettra de se rapprocher de l'équipe du centre. Mia se secoue. Elle refuse de laisser un homme, ou les émotions qu'elle ressent pour lui, dicter sa conduite et l'éloigner d'occasions professionnelles. Elle a trop vu sa mère se plier en quatre pour son père. Pas question que ça lui arrive.

Redressant les épaules pour s'obliger à se tenir bien droite, Mia retourne vers la salle de réception, sans maquillage, sans bijoux, sans coiffure chic, mais la tête haute, comme une guerrière.

Malgré ces bonnes résolutions, la soirée semble interminable à Mia. Elle tente de suivre le cours des conversations à sa table, mais elle ne peut s'empêcher de surveiller Guillaume du coin de l'œil. Regarde-t-il Cassandre ? Ira-t-il la rejoindre ?

Pendant ce temps, le serveur remplit son verre de vin dès qu'elle en prend une gorgée. Elle n'a aucune idée de la quantité d'alcool qu'elle a bue, mais la tête lui tourne, et elle devine que c'est beaucoup.

Après la dernière présentation, le dessert est servi et les gens commencent à partir. Guillaume est plongé dans une conversation intense avec la directrice du centre. Mia joue avec un sachet de sucre posé à côté de son café. Elle se demande si elle devrait simplement se lever et s'en aller. Guillaume lui avait promis de la ramener, mais elle n'a pas envie de compter sur lui.

Elle remarque que Cassandre se promène dans la salle, saluant les gens ici et là, poussant de grandes exclamations de joie en croisant des amis, faisant la bise avec le panache d'une star du cinéma. Guillaume, occupé à sa conversation, ne semble pas avoir remarqué qu'elle s'approche de leur table.

Enfin, elle se penche vers lui et pose la main sur son épaule. Il lève la tête vers elle.

CASSANDRE (avec un rire de gorge): Désolée de vous interrompre. Guillaume, mon chéri, je me demandais si tu voulais aller prendre un verre? Ça serait bête qu'on n'ait pas le temps de se parler davantage, ça fait tellement longtemps!

Mia regarde la pointe de ses chaussures.

GUILLAUME: Ça aurait été avec plaisir, mais je ramène Mia chez elle.

Cassandre regarde Mia, l'air de dire: «Prends donc un taxi!» Celle-ci se sent comme une enfant qu'on doit raccompagner à la maison. Elle se lève d'un bond.

MIA: C'est bon. Je vais prendre le métro.

GUILLAUME: Non, non. Je vais te ramener. C'est ma responsabilité. Et de toute façon, j'ai des travaux à corriger pour un cours tôt demain matin. Désolé, Cass, mais on se reprend?

CASSANDRE: Je dois retourner à New York cette semaine pour vider mon appartement et terminer mon déménagement. Je te fais signe à mon retour?

GUILLAUME: Parfait.

Cassandre fait la bise à Guillaume, laissant traîner sa bouche un peu trop longtemps sur sa joue au goût de Mia.

Dans la voiture, Guillaume est assez silencieux. Mia hésite, puis décide d'aborder le sujet de front.

MIA: Écoute, t'avais pas besoin de me ramener. Je ne suis plus une enfant.

GUILLAUME (avec un petit sourire): Presque plus.

MIA: T'aurais pu sortir avec elle, si tu voulais.

GUILLAUME: Je sais.

MIA: Et...

GUILLAUME: Quoi?

MIA: T'es pas un super bon menteur.

GUILLAUME: Pardon?

MIA: T'as pas de cours, demain matin.

GUILLAUME: Parce que mademoiselle connaît mon horaire?

MIA: Ben...

GUILLAUME : T'as raison. J'ai pas de cours demain matin. C'était juste plus poli.

MIA : Plus poli que quoi ?

GUILLAUME : Plus poli que de lui dire qu'elle ne m'intéresse pas.

MIA (incrédule) : Elle ne t'intéresse pas ?

GUILLAUME : Pas besoin d'avoir l'air aussi surprise.

MIA : C'est une beauté ! Une danseuse hors pair !

GUILLAUME : Ce n'est pas mon genre.

MIA : C'est quoi ton genre, alors ? Les moches sans talent ?

GUILLAUME : Non, c'est plus les petites comiques.

Mia se demande s'il a vraiment dit ce qu'elle pense qu'il a dit. Est-ce qu'il parlait d'elle ? Est-ce que c'est elle, la petite comique ?

Est-ce qu'elle devrait tenter quelque chose ? Lui avouer comment elle se sent ?

Non... Le risque est trop grand. Et si lui ne ressentait pas la même chose ? Et si elle s'humiliait complètement ?

Mais lui n'osera peut-être jamais tenter quelque chose... Il est professeur au cégep, après tout... Très à cheval sur les principes. Elle le sait, ils en ont déjà parlé. Il prend toutes les précautions afin de s'assurer que ses étudiantes n'auront pas de mauvaises impressions.

Mia, confuse, rumine ses pensées jusque devant chez elle, où Guillaume se contente de lui dire « Bonne nuit ! » lorsqu'elle sort dans la nuit froide.

#42

Après son dernier cours, Béatrice traverse la grande salle. Elle aperçoit Astrid et ses amies assises sur leur banc. Pour une fois, Sébastien n'est pas dans les parages. Elle s'empresse donc d'aller saluer ses copines.

BÉATRICE : Salut, les filles !

RAPHAËLLE : Salut.

Les autres lui sourient ou la saluent à leur tour. Astrid se lève.

ASTRID : Bon, on y va ?

BÉATRICE : Vous allez où ?

JUSTINE : À un cours de spinning sur l'avenue du Parc. C'est une nouvelle salle de sport hallucinante. On se croirait dans un bar en train de danser.

RAPHAËLLE : C'est vrai que les lumières et la musique sont dingues.

BÉATRICE : Ça me tenterait d'essayer.

JUSTINE : Attends, laisse-moi voir sur l'app de la salle... Désolée, le cours est plein. Une autre fois.

RAPHAËLLE : C'est bizarre, il restait plein de places quand on a réservé.

BÉATRICE : Vous auriez pu me le demander et me prendre une place !

ASTRID : C'est pas un drame, quand même ! C'est juste un cours de spinning. T'étais pas là quand on en a parlé ce midi, c'est tout.

BÉATRICE : C'est sûr que j'étais pas là, Sébastien était avec vous !

ASTRID : Ça devient un peu lassant, ton histoire. Sébastien, ça le dérangerait pas du tout que tu sois là en même temps que lui.

BÉATRICE : Il a dit ça ?

ASTRID : Ben oui ! Un peu de maturité, Béatrice.

BÉATRICE : Mais si Florence est là aussi… Je ne pense pas que je serais capable.

ASTRID : C'est ton choix. Allez, les filles.

JUSTINE : Bye !

Elles se lèvent et se dirigent vers la sortie, laissant derrière elles une Béatrice désœuvrée.

Elle se traîne les pattes jusqu'à la porte, déprimée à l'idée d'une autre soirée en solitaire. Elle sait qu'Emma sera chez Théo en train d'étudier et que Mia a une séance de travail avec son prof. Il ne restera qu'elle dans l'appartement affreusement vide.

Elle décide d'envoyer un texto à Noémie pour vérifier si elle est libre.

« Salut ! Veux-tu faire quelque chose ce soir ? »

Elle attend impatiemment la réponse de son amie.

« Désolée… Je peux pas. »

Béatrice devine pourquoi.

« Tu vas au spinning avec les filles ? »

« Oui… »

« C'est nul ! Invitez-moi la prochaine fois ! »

« OK »

Béatrice se dit que c'est ça qui est ça. Elle s'en veut de plus en plus de ne pas avoir cultivé d'autres amitiés au cégep que la gang de Sébastien. Ça fait déjà trois mois qu'elle est là et elle n'a rencontré qu'une poignée de personnes ! Elle peut presque les compter sur les doigts d'une main. Astrid, Raphaëlle, Justine, Noémie, Thomas, Ludovic...

Thomas ! Il lui a bien dit qu'il serait là pour elle... Qu'il serait son ami... Et à quoi servent les amis si on ne peut pas les appeler dans nos moments de détresse ? Elle décide de lui envoyer un message sur Instagram.

« Salut ! Tu fais quoi ce soir ? Je me cherche un ami... »

Ne voulant pas rester plantée dans la grande salle presque vide à attendre sa réponse, elle se dirige vers chez elle. Elle se dit qu'au pire, elle pourra essayer d'étudier... Mais le cœur n'y est pas.

Vers dix-huit heures, Thomas ne lui a toujours pas répondu. Béatrice se demande si son message manquait de subtilité. Il va peut-être se sentir bouche-trou, ou alors la trouver pathétique. Zut de zut ! Elle aurait dû être beaucoup plus *chill*.

Elle se prépare un paquet de nouilles instantanées et des morceaux de concombre. Ça tombe bien qu'elle n'ait pas d'argent pour s'acheter autre chose à manger parce que depuis sa rupture avec Sébastien, elle n'a jamais faim.

Elle ouvre distraitement son cahier de maths, mais elle est vite tentée de voir ce qui se passe sur son téléphone. Elle fait le tour des *stories* de ses amis et connaissances, qui ont tous l'air de passer une plus belle soirée qu'elle. Les filles ont publié un vidéo Boomerang d'elles sur leurs vélos de spinning. Béatrice le regarde en boucle une dizaine de fois, hypnotisée.

Heureusement, la vibration de son téléphone l'interrompt. C'est Thomas !

« J'avais pas vu ton message, j'étais au hockey. Tu cherches toujours un ami ? »

« Oui ! »

« T'es où ? »

« Chez moi »

« J'arrive dans quinze minutes? On pourrait regarder Netflix. »

« Oui ! »

Béatrice pose son téléphone avec un gros sourire. Thomas est vraiment trop sympa.

Ils terminent l'épisode « Nosedive » de la série *Black Mirror*, celui qui dépeint un futur où la valeur de chaque humain est mesurée selon sa popularité sur les réseaux sociaux, quand Emma rentre à la maison. Elle vient les saluer au salon.

EMMA: Ça va? Ah, vous avez regardé *Black Mirror*? C'était comment?

THOMAS: Vraiment trop proche de la réalité à mon goût. Ça donne envie de se débrancher complètement.

BÉATRICE : Mais on manquerait tellement de choses !

THOMAS : Je ne sais pas. On vivrait plus dans la vraie vie.

EMMA : Notre coloc Mia est comme ça. Elle a fermé tous ses comptes. Elle utilise juste son téléphone pour texter.

THOMAS : C'est pas une mauvaise idée. Bon, moi, je vais y aller.

Béatrice le raccompagne à la porte, puis elle retrouve Emma en train de se préparer une tisane à la cuisine.

EMMA : T'en veux ? Il paraît que ça aide à dormir. Je suis tellement stressée avec la fin de session ! J'ai des cauchemars sur mon examen de chimie presque toutes les nuits.

BÉATRICE : OK, merci. Moi non plus, je ne dors pas bien.

EMMA : Ça ne va pas mieux, hein ?

BÉATRICE : Pas vraiment, non. Faut toujours que je trouve quelque chose pour me garder occupée. Sinon, la tête me tourne.

Emma verse de l'eau chaude sur leurs sachets de tisane.

BÉATRICE : Heureusement que Thomas est là ! Il est le seul de la gang qui se tient avec moi.

EMMA : Vraiment ? Les autres t'ont laissé tomber ? Je ne sais pas pourquoi, mais ça ne me surprend pas.

BÉATRICE : Ben non, ce n'est pas comme ça. Elles sont encore mes amies. C'est juste que je ne me tiens jamais avec elles quand Sébastien est là. Alors je manque plein de choses et je ne suis pas là quand elles font des plans.

EMMA: Si c'étaient tes vraies amies, elles te texteraient leurs plans.

BÉATRICE: Peut-être... En tout cas, Thomas est vraiment gentil.

EMMA: Est-ce que... c'est le début d'un flirt entre vous ?

BÉATRICE: Ben voyons donc ! Tellement pas ! C'est mon ami, c'est tout.

EMMA: Je pense à quelque chose...

BÉATRICE: À quoi ?

EMMA: Tu te souviens quand Thomas m'avait dit qu'il tripait sur une fille qui était en couple...

BÉATRICE: Vaguement...

EMMA: La fille, c'est peut-être toi !

BÉATRICE: Aucune chance ! Voyons ! On est juste amis. On en a parlé encore ce soir.

EMMA: Vous avez dit quoi ?

BÉATRICE: Que c'était cool l'amitié entre garçon et fille. Que c'était une autre dynamique que les amitiés entre gars ou entre filles.

EMMA: Nathan et William, ce sont mes amis garçons, mais ils ne viennent pas regarder Netflix tout seuls avec moi.

BÉATRICE: C'est pas pareil. Là, je suis en période de crise. On ne peut pas se tenir avec ma gang comme avant.

EMMA: Si tu le dis...

#43

Assise avec ses amis, Emma grignote son sandwich. Théo lève soudainement la tête en apercevant quelqu'un de l'autre côté de la grande salle. Il s'exclame : « Ah, Olivia ! » et se lève pour la rejoindre. Nathan le suit du regard.

NATHAN : Wow. Elle est vraiment pas mal.

EMMA (relevant la tête) : Olivia ? C'est laquelle ?

Nathan pointe Théo en grande conversation avec une jolie brunette.

EMMA : C'est vrai qu'elle a l'air mignonne.

NATHAN : C'est qui, cette fille-là ?

EMMA : Une douée en maths. Théo stresse comme un fou pour son examen de fin de session et elle l'aide. Un peu trop à mon goût, mais...

NATHAN : Ouf ! Si j'étais toi, je garderais la situation à l'œil.

EMMA : Vraiment ? Je pensais que je stressais pour rien !

NATHAN : Je vais te le dire parce que je suis ton ami. Les gars, même quand ils sont avec une fille, ils ont toujours l'œil ouvert pour trouver la prochaine.

EMMA : T'es sérieux, là ?

NATHAN : Oui ! C'est dans notre ADN. On est programmés pour vouloir reproduire nos gênes le plus possible.

EMMA : Merde. Qu'est-ce que je fais, moi ?

NATHAN : Tu surveilles la situation de près.

EMMA : Je ne veux pas devenir la blonde parano non plus !

NATHAN : C'est vrai. C'est sûr que c'est un équilibre délicat.

EMMA : Tu ne m'aides pas du tout, là !

Théo revient s'asseoir avec eux et recommence à manger son lunch comme si de rien n'était. Emma, quant à elle, se sent tout à l'envers. Nathan discute de tout et de rien, de ses études, d'un film qu'il veut voir, d'un jeu vidéo qu'il a essayé. Emma n'écoute que d'une oreille, hochant la tête de temps à autre.

À l'intérieur d'elle, la confusion règne. Doit-elle se méfier de cette relation naissante entre Théo et Olivia ? Nathan a-t-il raison quand il dit que tous les gars regardent ailleurs ? Ça ne lui semble pas possible… Et pourtant, même Sébastien, qui était le chum parfait, a laissé tomber Béatrice pour une autre. Une autre qui n'était au départ qu'une amie !

Emma ne sait plus quoi penser. À ce moment, Théo, la sentant sans doute distraite, prend sa main sous la table et la serre. Elle se retourne vers lui. Il lui sourit.

Emma se sent emplie de chaleur, comme si le soleil s'était remis à briller sur elle. Elle se dit qu'elle ne peut pas continuer à paniquer comme ça dans sa tête sans parler à Théo. Il n'est pas n'importe quel gars, n'importe quel imbécile, il est son chum, en qui elle a confiance.

Mais Béatrice aussi avait confiance en Sébastien…

Emma se sent étourdie tout à coup. Elle a besoin de marcher un peu pour y voir plus clair. Elle se lève, salue tout le monde, jette le reste de son sandwich à la poubelle et se dirige vers le pavillon où se donne son prochain cours.

Théo la rattrape rapidement.

THÉO : Emma ! Qu'est-ce qui se passe ?

EMMA : Rien.

THÉO : Emma ! T'étais toute drôle, tu parlais pas, et tu t'es levée comme si tu avais vu un fantôme.

Emma hésite.

THÉO : Parle-moi ! Qu'est-ce qui se passe ?

L'amour qu'elle lit dans ses yeux la convainc de se lancer.

EMMA : Ben... Tu vas penser que c'est stupide.

THÉO : Laisse-moi en juger. Raconte.

EMMA : C'est Béatrice. Et Olivia.

THÉO : Hein ? Qu'est-ce que Béatrice et Olivia ont à voir ensemble ? Je ne savais même pas qu'elles se connaissaient.

EMMA : Non, non. C'est que depuis que Sébastien a laissé Béatrice, je suis plus inquiète. Parce qu'il l'a laissée pour une autre fille avec qui il était soi-disant juste ami.

THÉO : Et là, moi et Olivia...

EMMA : Exactement. Et Nathan m'a dit que tous les garçons, même quand ils sont en couple, regardent les autres filles pour essayer de trouver mieux.

THÉO : Il t'a dit ça ?

EMMA : Il vient juste de me dire ça. Pendant que tu parlais avec Olivia.

THÉO (secouant la tête) : Il est vraiment con. Incroyable.

EMMA : Quoi ?

THÉO : C'est quoi, ce genre de déclarations générales ? Tous les gars font ci, tous les gars font ça ! Tous les gars ne sont pas des violeurs parce qu'il y en a qui le sont ! Tous les gars n'aiment pas la musique classique parce qu'il y en a qui l'aiment ! Voyons donc ! On est des individus nous aussi, comme les filles !

EMMA : C'est vrai...

THÉO : Écoute, Emma, je comprends que l'histoire de Béatrice t'ait fait peur. Mais là, il va falloir que tu décroches ! Je ne suis pas Sébastien, et je ne suis pas Nathan non plus. Je suis Théo, avec mes qualités et mes défauts, et il se trouve que je t'aime. Juste toi. Personne d'autre. Maintenant, s'il faut que je trouve quelqu'un d'autre pour m'aider en maths...

Pour toute réponse, Emma se jette dans ses bras et l'embrasse éperdument, se souciant peu des étudiants qui doivent les contourner pour avancer dans le corridor.

Après quelques instants, Théo la serre contre lui et lui parle à l'oreille.

THÉO : Donc on est corrects ?

EMMA : On est plus que corrects.

THÉO : Je t'aime.

EMMA : Moi aussi. Je vais tellement m'ennuyer de toi pendant les vacances...

THÉO : Les vacances ? Tu t'en vas où ?

EMMA : Tu le sais, voyons ! Je vais passer Noël avec mes parents. On en avait pas parlé, au début de l'année ?

THÉO : J'ai dû oublier. Tes moindres faits et gestes m'intéressaient beaucoup moins que maintenant.

EMMA: Moi, tes moindres faits et gestes m'ont toujours intéressée. Malgré moi, par moments.

THÉO : Ça m'a juste pris quelques jours de plus avant de réaliser à quel point tu étais extraordinaire.

EMMA : Le temps de *frencher* ma coloc...

THÉO : Si j'avais su le paquet de problèmes que je m'achetais ce soir-là... Disons que je serais resté chez moi.

#44

Béatrice est réveillée par la sonnerie de son téléphone. Elle grogne lorsqu'elle constate que c'est sa mère.

BÉATRICE (en bâillant) : Allo ?

SA MÈRE : Allo, ma puce ! Comment tu vas ?

BÉATRICE : Je suis endormie.

SA MÈRE : Tu dormais encore ? Mais il est déjà neuf heures !

BÉATRICE : Mon premier cours est à dix heures et demie.

SA MÈRE : Tu devrais pas être en train d'étudier ? C'est pas la fin de la session bientôt ?

BÉATRICE : Oui. Mais j'ai étudié tard hier soir.

En réalité, Béatrice est restée réveillée tard à éplucher soigneusement le compte Instagram de Florence, pleurant aux photos les plus récentes mettant en vedette Sébastien, et analysant les photos plus anciennes pour trouver ce que pouvait bien avoir cette fille pour lui ravir son chum.

SA MÈRE : Je t'appelle parce que j'ai un rendez-vous chez le médecin à Montréal aujourd'hui. Je me suis dit que je pourrais t'inviter à déjeuner ?

BÉATRICE : J'ai juste cinquante minutes de pause ce midi.

SA MÈRE : C'est rien. On ira dans un café pas loin du cégep. Chez Première Moisson, à midi ?

BÉATRICE : OK.

SA MÈRE : À tout à l'heure !

Béatrice raccroche, en se disant que ça lui fera au moins un lunch de moins à se demander avec qui s'asseoir dans la grande salle.

En arrivant au cégep, elle passe s'acheter un café noir au Café Cactus. En s'avançant vers la caisse pour payer, elle croise Justine et Noémie.

BÉATRICE : Salut, les filles ! Ça va ?

NOÉMIE : Bien, et toi ?

JUSTINE : Béatrice, justement, j'allais t'écrire. Ma mère me fait des problèmes avec tous les vêtements que je t'ai prêtés. Elle dit qu'elle ne me donne pas un budget de shopping pour habiller mes amies. Est-ce que tu pourrais me les rapporter s'il te plaît ?

BÉATRICE : Euh, oui, bien sûr. Désolée si ça t'a causé des problèmes.

JUSTINE : Les chemises et les robes vont au nettoyage à sec. Les jeans, assure-toi juste de ne pas les mettre au sèche-linge.

BÉATRICE : Euh, OK, bien sûr.

JUSTINE : Merci. Bon, on y va, Noémie ?

NOÉMIE : Vas-y, je te rejoins.

Justine s'éloigne. C'est au tour de Béatrice de payer. Elle sort son porte-monnaie.

NOÉMIE : Comment tu vas, pour de vrai ?

BÉATRICE : Bof. Comme ci, comme ça. Et toi ?

NOÉMIE : Moi, ça va. Les préparatifs du défilé de mode sont super cool. Mais je stresse pour mes examens.

BÉATRICE : Écoute… Est-ce que je peux te poser une question ?

NOÉMIE : Vas-y.

BÉATRICE : Est-ce que c'est juste dans ma tête ou… est-ce que les filles ont changé d'attitude avec moi ? Comme Justine, là, avec ses vêtements, c'était bizarre, non ? Elle m'a toujours dit qu'elle n'en avait plus besoin et qu'elle les donnerait à l'Armée du Salut si je ne les prenais pas. Là, ça va me coûter une fortune d'apporter tout ça au nettoyage à sec ! J'ai zéro argent en ce moment.

NOÉMIE : Je ne sais pas quoi te dire…

BÉATRICE : Dis-moi la vérité.

NOÉMIE : C'est sûr que… Elles trouvent ça compliqué, ton histoire. De ne pas pouvoir te voir en même temps que Sébastien.

BÉATRICE : Mais c'est normal, non ?

NOÉMIE : Moi, je te comprends. Mais les autres… Je pense qu'elles ne comprennent pas à quel point votre histoire d'amour était intense et à quel point ça t'a fait mal.

BÉATRICE : C'est vraiment nul.

NOÉMIE : Je le sais. Je me sens vraiment déchirée. J'ai l'impression que c'était toi ma seule vraie amie dans toute la gang. Mais en même temps…

BÉATRICE : En même temps, Astrid, c'est Astrid.

NOÉMIE : C'est que je fais le défilé avec elles en plus… Ça serait vraiment bizarre si on était en froid.

BÉATRICE : Parce que t'aurais besoin de te disputer avec elles pour continuer de te tenir avec moi ?

NOÉMIE: Non, je ne pense pas, mais… Tu sais comment elles sont.

BÉATRICE (la mine basse): Oui, je sais.

NOÉMIE: Mais ça va peut-être se régler. Tu sais que Sébastien se tient de moins en moins avec nous?

BÉATRICE (curieuse malgré elle): Ah bon? Pourquoi?

NOÉMIE: Parce qu'Astrid n'aime pas trop Florence. Alors Sébastien vient moins souvent dans nos sorties.

BÉATRICE: Tu plaisantes?

NOÉMIE: Quoi?

BÉATRICE: Ben là! Moi, il a fallu que je me fende en quatre pour me faire accepter par les amies de Sébastien! Et madame Florence, elle, rien! Elle s'entend pas avec la gang, donc Sébastien la fait passer en premier et voit moins ses amies! J'en reviens pas!

NOÉMIE: J'avoue que, vu comme ça, c'est chien.

Elles sont interrompues par Thomas.

THOMAS: Salut, les filles!

BÉATRICE (morose): Salut.

THOMAS: Ouh, ça n'a pas l'air d'aller fort.

BÉATRICE: Moyen.

NOÉMIE: Je vous laisse, je vais retrouver Justine.

THOMAS: Une petite visite à la cafétéria?

BÉATRICE: J'ai déjà payé mon café.

THOMAS: Ça ne dérangera pas madame Lafleur. Viens.

Une fois assise à l'une des tables de la grande pièce vide, Béatrice prend une gorgée de café. Elle se sent confuse et découragée.

THOMAS : Qu'est-ce qui se passe ?

BÉATRICE : Thomas, quand est-ce que ça va arrêter de faire mal ?

THOMAS : Je ne sais pas... Peut-être que ça n'arrêtera jamais.

BÉATRICE : Hein ?

THOMAS : Peut-être que le temps va juste passer et que ça va te faire mal de moins en moins souvent. Peut-être qu'à quarante ans, tu vas penser à Sébastien une fois par année, et cette fois-là ça va te faire mal. Mais d'ici là, tu vas apprendre à vivre avec.

BÉATRICE : Peut-être. Tu sais, hier, j'ai vu un extrait d'un poème de Guillaume Apollinaire sur Instagram. Attends, je vais te le lire.

Elle sort son téléphone.

BÉATRICE : « Tu pleureras l'heure où tu pleures, qui passera trop vitement, comme passent toutes les heures. » C'est beau, hein ?

THOMAS : Très.

BÉATRICE : C'est vrai qu'en ce moment, j'ai l'impression de tout vivre de façon plus intense. Je peux imaginer qu'un jour, je serai même nostalgique de cette période de ma vie. Malgré la souffrance.

THOMAS : Ça se peut.

BÉATRICE : D'ici là, faut juste que je passe à travers.

THOMAS : Faut juste que tu passes à travers.

À midi, comme prévu, Béatrice retrouve sa mère à l'intérieur du Première Moisson. Celle-ci a déjà commandé deux potages de carottes et deux sandwichs au jambon. Béatrice s'assoit devant son plateau et prend une première bouchée.

BÉATRICE : Beurk, ils ont mis de la mayonnaise !

SA MÈRE : C'est moi qui leur ai demandé d'en mettre ! Tu adores ça !

BÉATRICE : C'est Jasmine qui aime la mayonnaise. Moi, c'est la moutarde de Dijon.

SA MÈRE : Désolée. Ils en ont mis dans le mien aussi, sinon j'échangerais avec toi.

BÉATRICE : C'est pas grave. De toute façon, je n'ai pas très faim.

SA MÈRE : Béatrice Lefebvre, tu vas manger tout ton lunch. Je vais t'acheter un autre sandwich s'il le faut, compris ?

BÉATRICE : Woah ! Ça va, toi ?

SA MÈRE : Moi, ça va, mais toi, est-ce que ça va ? La vérité, Béatrice, c'est que je n'en avais pas, de rendez-vous chez le médecin. Je suis venue te voir parce que je suis inquiète et que je voulais te parler en tête-à-tête.

BÉATRICE : Bon, ça recommence.

SA MÈRE : Oui, et ça va recommencer jusqu'à ce que tu te reprennes en main ! As-tu vu comme tu as maigri ? Tes cheveux sont ternes, tu es toujours cernée, tu fais peur à voir ! T'as eu des mauvaises notes à tes deux derniers travaux, tu ne manges plus... Je ne sais pas quoi faire, Béatrice !

BÉATRICE : Faut juste que le temps passe... et que je passe à travers.

SA MÈRE : Que tu passes à travers du temps ? Je ne comprends rien.

BÉATRICE : C'est une expression. Maman, c'est dur ce que je vis, mais la dernière chose dont j'ai besoin, c'est que tu te mettes à paniquer et à jouer à la mère poule, OK ? J'ai des amis qui s'occupent de moi dans la vie de tous les jours, t'as pas besoin de débarquer au cégep en catastrophe.

SA MÈRE : Des amis ? Comme qui ?

BÉATRICE : Ben, il y a Emma et Mia... Et Noémie... Et Thomas...

SA MÈRE : C'est pas un ami de Sébastien, celui-là ?

BÉATRICE : Ben oui ! Mais ça ne l'empêche pas d'être mon ami aussi.

SA MÈRE : Et ils sont là pour toi, tes amis ?

BÉATRICE : Oui. Ils sont super.

SA MÈRE : Je pense que tu as besoin de consulter.

BÉATRICE : Un psy ? Mais non, maman. J'ai juste besoin de vivre mon deuil, OK ?

SA MÈRE : Tu me rassures un peu, en me parlant de tes amis, mais... Je veux que tu manges tout ton repas, OK ? Et en partant d'ici, je vais t'acheter des pâtes fraîches et des sauces.

BÉATRICE : OK.

SA MÈRE : Tu vas faire attention à toi ?
BÉATRICE : Promis.

#45

Mia cale son ordinateur sur ses genoux. Elle ouvre Safari et tape «Instagram Cassandre Prud'homme» dans la barre de recherche. C'est plus fort qu'elle. En fait, c'est comme une drogue. Depuis le fameux gala, elle ne peut s'empêcher de suivre à distance la vie de rêve de la danseuse. Soirées dans des restos huppés de Manhattan, jogging dans Central Park, visite chez des antiquaires de Brooklyn; le quotidien de Cassandre ressemble plus à une série télé qu'à la vraie vie. Jusqu'à son vol de retour vers Montréal qui s'est fait en première classe, un verre de champagne à la main.

Mia déteste l'élitisme et elle déteste les gens qui affichent leur vie en ligne. Malgré cela, Cassandre la fascine. Peut-être parce qu'elle a eu l'air si sûre d'elle, si… Si tout ce que Mia n'est pas.

Elle clique sur le nom de Cassandre et voit ses photos apparaître. Tiens, il y en a une nouvelle.

Mia avale de travers.

Elle date de la veille au soir. Elle met en valeur une Cassandre en pleine possession de ses moyens, belle comme jamais, et un Guillaume guilleret qui sourit à pleines dents à la caméra. En dessous, la légende dit: «Soirée féerique à l'Opéra de Montréal. #oldfriendsarethebestfriends». Avec trois emojis de cœur.

Le cœur de Mia, lui, se serre. Guillaume lui avait pourtant dit ne pas s'intéresser à Cassandre! Mais les voilà en pleine soirée romantique. Et il n'a pas l'air de trop souffrir d'être là.

Mia ne sait plus quoi penser. À l'époque du fiasco avec Jimena, Guillaume s'était tant dévoilé à elle. Il s'était montré vulnérable, avait même versé quelques larmes devant elle, l'avait serrée dans ses bras.

Mais voilà que, quelques semaines plus tard, alors qu'ils passent plus de temps ensemble que jamais, il semble avoir instauré une certaine distance entre eux. Il est toujours aussi chaleureux, aussi taquin, mais… il évite de la toucher ou de s'approcher trop d'elle.

Mia se dit que c'est tout à son honneur. Il est son professeur et son employeur. Elle sait très bien que les gars corrects n'abusent pas de leur position de pouvoir. En effet, Guillaume ne sait même pas qu'elle est intéressée ! Et si elle n'était pas intéressée, mais qu'il s'essayait, ça la placerait dans une position impossible… En y réfléchissant, Mia se rend compte que Guillaume étant un être humain fondamentalement correct, c'est impossible pour lui de faire le premier pas.

C'est donc à elle de le faire… Et vite, avant que cette Cassandre Prud'homme ne lui mette le grappin dessus.

Mais elle ne sait pas si elle osera…

#46

Béatrice fouille dans le placard sous le lavabo de la salle de bain. Un mal de tête l'accable depuis ce matin et elle est certaine d'y avoir vu du Paracétamol.

Il règne un sacré fouillis dans le placard exigu. Repoussant les vieilles brosses à cheveux, les produits de bain et les bouteilles de shampoing, elle tombe tout à coup sur une boîte de tampons Super Plus. Qu'elle est la seule à utiliser dans l'appartement, car son flux est particulièrement abondant. Et voilà que cette boîte de tampons traîne derrière mille objets inutiles dont personne ne se sert jamais. Ce qui veut donc dire que la boîte n'a pas servi depuis un moment.

Béatrice se laisse tomber par terre, pensive. Elle essaie de se rappeler à quand remontent ses dernières règles. Les a-t-elle eues depuis sa rupture avec Sébastien ? Elle est presque sûre que non. Et elle n'est plus avec Sébastien depuis… presque quatre semaines. Ça veut donc dire qu'elle est obligatoirement en retard. Surtout qu'elle est sûre qu'elle ne les avait pas lors de son week-end de randonnée pédestre. En fait, elle se souvient maintenant qu'elle les avait eues la semaine d'avant, et qu'elle avait été contente de constater qu'elle n'aurait pas à jongler avec tout ça sous une tente en plein bois.

Cela fait donc… cinq semaines. Elle est une semaine en retard.

Elle qui n'est jamais en retard.

Des sentiments contradictoires envahissent Béatrice. La peur bleue d'être enceinte. L'excitation d'avoir peut-être en elle quelque chose qui la relie à Sébastien. Peut-être même que... Est-ce qu'il reviendrait avec elle, s'il savait? C'est possible. Sébastien est un garçon fondamentalement correct. Elle est sûre qu'il voudrait élever son enfant. À moins qu'il n'insiste pour qu'elle se fasse avorter? Mais dans ce cas, il irait avec elle, il lui tiendrait la main. Elle serait brave et ne se plaindrait pas de la douleur, et il se rappellerait pourquoi il l'aimait tant...

Béatrice sait qu'elle est ridicule de s'imaginer tous ces scénarios, mais elle ne peut pas s'empêcher de le faire. Et, tout d'abord, il faut qu'elle parle à Sébastien...

Devrait-elle faire un test avant, afin d'être sûre? Elle y réfléchit et se dit que c'est probablement mieux de le faire avec lui. Sinon, il aura l'impression qu'elle lui a tendu un guet-apens et a tout fait dans son dos. Il vaut bien mieux l'impliquer dans le processus dès le début.

Béatrice est nerveuse, mais elle se sent étrangement excitée à l'idée de parler à Sébastien, de surmonter cette épreuve avec lui...

#47

EMMA: Pour ma chronique de décembre, mon personnage va passer à travers le stress des examens de fin de session. On va voir les effets que ça a sur elle, tant sur le plan physique que psychologique. Sueurs froides, cœur qui palpite, bouche sèche, tout ça. Après, on va la voir vivre le stress des fêtes de fin d'année : la recherche du bon cadeau, les tensions familiales, les blagues de l'oncle sur l'actualité, la panique quand personne *like* son *post* Instagram de dinde parce que tout le monde est devenu végane. Et, à la fin, elle va avoir les mêmes effets physiques et psychologiques que pour ses examens de fin de session.

SARA : J'aime ça !

EMMA : Je trouve ça drôle de montrer que Noël peut finalement être aussi stressant que les études !

FÉLIX : Je trouve que tu minimises la réelle crise au sein de la population étudiante. L'anxiété est une vraie maladie et un fléau de société. C'est réducteur de comparer ça à un *post* impopulaire sur Instagram.

EMMA : Mais c'est humoristique ! C'est pour rire du fait que tout le monde se met trop de pression à Noël !

FÉLIX: Comme journal étudiant, on a quand même une certaine responsabilité sociale. Là, je trouve qu'on dépasse les limites.

SARA: Heureusement que t'es pas rédacteur en chef parce que moi, ça me plaît. Tu as mon *go*, Emma. Mais je veux voir le premier jet rapidement.

EMMA : Parfait !

Elle se rassoit, satisfaite de l'approbation de Sara, mais de plus en plus agacée par les piques de Félix qui ne semble jamais comprendre l'angle de ses chroniques. Elle est pourtant convaincue que leur aspect humoristique est toujours soutenu par une réelle analyse d'un enjeu de société : l'appropriation culturelle dans le cas de sa chronique sur Halloween, et la pression qu'on se met lors des fêtes de fin d'année dans celle-ci. Il y a plusieurs façons d'aborder une question, et ce n'est pas parce qu'on le fait en utilisant l'humour qu'on fait moins réfléchir les gens. Du moins, c'est ce qu'elle pense. Félix n'est de toute évidence pas de son avis.

Elle aimerait trouver une façon de lui prouver qu'elle a de la substance, sans néanmoins sacrifier son concept humoristique. Peut-être qu'elle pourrait, en plus de sa chronique, pondre un article de fond ? Mener une enquête ? De quoi démontrer son sérieux comme journaliste. Elle devra y penser sérieusement après les fêtes.

Lorsque Sara déclare que la rencontre est terminée, Emma se lève et rejoint Théo à l'extérieur du local. Celui-ci la serre dans ses bras.

THÉO : Ça te stresse tant que ça, Noël ?

EMMA : Pas cette année. Je vais passer Noël au soleil ! J'ai tellement hâte. Même si je vais m'ennuyer de toi…

THÉO : Moi aussi.

EMMA: Et toi, tu passes Noël où?

THÉO: C'est super traditionnel chez nous. Le réveillon dans la famille de ma mère et le dîner de Noël dans la famille de mon père.

EMMA: Tu aimes ça?

THÉO: Oui, vraiment. Tout est pareil comme quand j'étais petit.

EMMA (regardant l'heure sur son téléphone): Ark. Il me reste une heure avant mon cours de chimie. Faut que j'étudie. C'est vraiment de la torture, étudier quelque chose qu'on n'aime pas.

THÉO: Pourquoi tu ne changes pas de programme alors?

EMMA: Je ne sais pas... Je ne veux pas me fermer de portes... Ni décevoir mon père...

THÉO: Si j'ai été capable de convaincre ma mère obsédée par la médecine que je suis plus heureux en sciences humaines, je suis sûr que tu vas réussir avec ton père. Ce n'est pas toi qui m'as dit qu'il te mettait zéro pression?

EMMA: Je sais... Mais ça lui avait fait plaisir quand même que je choisisse sciences de la santé... Il aime tellement ça, être médecin...

THÉO: Il a vécu sa vie, maintenant c'est à toi de vivre la tienne. Quand je vois les sujets qui t'allument dans tes chroniques... Ce sont tous des sujets de société, des sujets politiques, même de la psychologie. Je suis certain que tu triperais en sciences humaines.

EMMA: T'as sûrement raison… Je trouve toujours ce que Béatrice étudie super intéressant. Toi, un peu moins, avec ta passion pour le commerce et l'économie, mais…

THÉO (en faisant mine de lui faire une tape sur l'épaule): Hé ! Les indices boursiers, c'est super intéressant, tu sais !

EMMA (en riant): À chacun ses champs d'intérêt et les moutons seront bien gardés.

THÉO: Justement, il me semble que tes préférences ne sont pas tournées vers la science. J'aime te voir rayonnante au journal, quand tu parles d'enjeux qui t'intéressent vraiment…

EMMA: Ha ! Il y en a un qui me trouve beaucoup moins rayonnante que toi…

THÉO: Il est juste jaloux. Ne laisse pas ses commentaires t'atteindre.

EMMA: J'essaie, mais c'est dur. J'aimerais tellement lui prouver que je peux être aussi forte que lui dans les sujets sérieux !

THÉO: T'as rien à lui prouver, Emma. Ne lui fais même pas l'honneur de te préoccuper de ses opinions.

EMMA: Mais il m'énerve !

THÉO: C'est tout ce qu'il veut, venir te chercher. Ne le laisse pas faire.

Plus facile à dire qu'à faire, pense Emma en se dirigeant vers la bibliothèque.

#48

Pendant toute la répétition théâtrale, Béatrice a retenu son souffle. Elle a pu, elle ne sait trop comment, débiter son texte sans se tromper. Peut-être parce qu'elle n'y pensait pas. Parce qu'elle ne pensait qu'à « ça ». Qu'à cette chose en elle qui ramènera Sébastien dans sa vie, dans un cas comme dans l'autre.

Elle se dit que si Sébastien est excité, s'il veut avoir un bébé avec elle, ce sera le plus beau jour de sa vie ; et s'il n'en veut pas, ils vivront quand même ensemble le moment intense du choix, de la procédure médicale... Elle l'imagine l'accompagner à son rendez-vous, peut-être même créer une *playlist* pour les moments de repos qui devront suivre...

Elle sait très bien que Sébastien a dix-huit ans, et que la deuxième option est plus probable que la première, mais on ne sait jamais. Il est d'origine libanaise du côté de son père. Peut-être qu'il verra l'avortement d'un mauvais œil à cause de ses traditions familiales.

Quant à Béatrice, elle est prête à tout, du moment qu'elle le vivra avec lui.

Benoit remercie ses comédiens et leur donne quelques conseils d'ici à la prochaine rencontre. Enfin, il les libère. Sébastien, assis au fond de la salle, se lève et s'apprête à quitter les lieux avec Florence quand Béatrice l'interpelle.

BÉATRICE : Sébastien ! Attends !

Ils se retournent tous les deux. En bloc. Pour faire front commun. Leur manière si naturelle d'être ensemble fait plus de mal à Béatrice que mille déclarations d'amour publiques.

BÉATRICE : Ben… C'est-à-dire… Est-ce que je pourrais te parler seul à seul ?

SÉBASTIEN (de glace) : Florence peut tout entendre.

BÉATRICE (avec une boule dans la gorge) : Sébastien… S'il te plaît.

SÉBASTIEN : Bon, OK. Deux minutes. (Se retournant vers Florence pour lui chuchoter à l'oreille) Je te rejoins au Café Cactus, OK ?

Florence acquiesce et s'éloigne, jetant à Béatrice un regard empreint de pitié.

Rien pour lui donner du courage.

BÉATRICE : Je suis désolée de te prendre de ton temps, mais… je suis en retard.

SÉBASTIEN : Hein ?

BÉATRICE : Mes règles sont en retard. Je ne les ai pas eues depuis qu'on a cassé.

SÉBASTIEN (incrédule) : De quoi tu parles, Béatrice ?

BÉATRICE : Je pense que je suis enceinte. De toi.

SÉBASTIEN : Mais on a toujours utilisé un préservatif ! Et après tu prenais la pilule !

BÉATRICE : Aucun moyen de contraception n'est sûr à 100 %.

SÉBASTIEN : Je sais, mais c'est quoi les chances que ça tombe sur nous, pile quand on n'est plus ensemble, en plus ?

BÉATRICE : Tu ne penses quand même pas que je te mens ?

SÉBASTIEN : As-tu fait un test ?

BÉATRICE : Non… Je voulais qu'on le fasse ensemble. Mais je suis en retard d'une semaine. Ça ne m'arrive jamais !

SÉBASTIEN : J'en reviens pas ! Commence par faire un test, voyons ! Tu ne peux pas faire paniquer un gars comme ça !

BÉATRICE : Mais je pensais qu'on le ferait ensemble. Je ne voulais pas t'exclure du processus. Veux-tu venir chez moi après les cours ? On pourrait passer à la pharmacie en chemin.

SÉBASTIEN : Non mais sur quelle planète tu vis, Béatrice ? Fais le test et texte-moi le résultat.

Il se retourne pour s'en aller.

BÉATRICE : Mais… si c'est oui… qu'est-ce que tu voudras faire ?

SÉBASTIEN : Je ne veux même pas en entendre parler tant que t'auras pas fait le test. Bye.

Et il s'éloigne à grandes enjambées.

Béatrice sent des larmes silencieuses couler sur ses joues. Elle qui espérait que ça les rapprocherait… Que ce serait un moment à vivre ensemble. Elle se sent aussi désirable qu'une infestation de souris.

#49

Mia sonne chez Guillaume avec un paquet de six bières blondes sous le bras. Elle a pris soin de choisir une microbrasserie québécoise au lieu de la bière américaine pas chère qu'elle achète normalement. Elle sait que Guillaume a des goûts plus sophistiqués que les siens et elle ne veut surtout pas passer pour une petite jeune inculte. Surtout pas ce soir.

Une fois qu'ils sont installés au salon et qu'ils ont commencé à travailler, elle se sent si impatiente, si nerveuse, qu'elle ne peut pas attendre la fin de la soirée, comme elle avait prévu de le faire. Elle doit être fixée, et maintenant.

MIA: Guillaume, est-ce que je pourrais te parler ?

GUILLAUME (distrait): Moui ?

MIA: Guillaume ! Ferme ton ordi. Il faut que je te parle.

Il rabat l'écran de son ordinateur et se retourne vers elle.

GUILLAUME : Mon Dieu. Ça a l'air sérieux.

MIA: Écoute, Guillaume, je ne tournerai pas autour du pot. C'est pas mon genre. Depuis quelque temps, j'ai… j'ai des sentiments pour toi. Plus on passe de temps ensemble, plus j'ai envie d'être avec toi. Je sais que toi tu ne peux pas me faire d'avances parce que je suis étudiante au cégep, et je respecte ça. En fait, c'est une des choses que j'admire chez toi, ta probité et tes principes. Donc je me suis dit que je devais prendre les devants et c'est ce que je fais. Voilà…

Dans le silence qui s'étire, elle se met à trembler.

A-t-elle complètement mal évalué la situation? A-t-elle malgré elle créé un malaise si grand qu'ils ne pourront peut-être plus travailler ensemble?

Mia se sent étourdie, tout à coup. Elle ne s'est jamais mise à nu comme cela devant qui que ce soit. Elle n'a jamais été aussi vulnérable.

Elle qui, ce matin encore, se sentait si femme, si adulte en s'imaginant prendre la situation en main, mettre cartes sur table, dire sa vérité ! Elle se sent maintenant comme une enfant perdue.

Guillaume soupire. Il la regarde, les yeux pleins d'eau. Il prend sa main dans la sienne. Le cœur de Mia se met soudain à battre très vite.

GUILLAUME: Mia... Tu ne penses pas vraiment ce que tu dis... Je suis juste un vieux schnock... Toi, tu as toute la vie devant toi.

MIA: Un vieux schnock n'exagère pas ! T'as même pas trente ans.

GUILLAUME: J'ai vingt-sept ans et toi dix-sept... On ne peut pas.

Mia sent une brique lui tomber au fond du ventre.

GUILLAUME: Un jour, peut-être, mais...

La brique s'envole.

MIA: Un jour? Ça veut dire quoi, un jour? Quand mon mandat de recherche sera fini? Quand j'aurai terminé le cégep? Quand?

GUILLAUME (caressant la paume de Mia avec son pouce): J'aurais pas dû dire ça. Pardonne-moi. C'est juste que… Je suis humain, moi aussi.

Il détourne le regard, semblant plongé dans ses pensées. Mais il ne lâche pas sa main.

MIA: Guillaume… Regarde-moi. Notre différence d'âge, je m'en fous. C'est juste un chiffre. Ça ne dit pas la vérité sur qui on est.

GUILLAUME: C'est plus compliqué que ça… Mia, tu es la femme la plus extraordinaire que je connaisse. Ta passion, ta volonté… Tu m'inspires chaque jour. Mais… ma position auprès de toi ne me permet pas de…

MIA: OK, je démissionne, alors!

GUILLAUME: Si c'était si simple…

MIA: Je change de cégep la session prochaine!

GUILLAUME: Je ne te laisserai pas faire ça…

Il plonge son regard dans le sien, un regard intense, chargé.

GUILLAUME: Fais-moi confiance, OK? Je vais trouver une solution. Faut juste que tu sois patiente. Es-tu capable de faire ça? Es-tu capable de me faire confiance?

Mia hoche la tête sans pouvoir dire un mot. Elle a la gorge nouée; elle n'est pas sûre de comprendre ce qui lui arrive.

GUILLAUME (en soupirant): Pour ce soir, ça serait peut-être mieux qu'on s'interrompe ici. Et à partir de demain, on va travailler dans des cafés, OK?

Voilà qu'après lui avoir demandé de lui faire confiance, il la met à la porte et ne veut plus la voir que dans des lieux publics. Mia enfile son manteau et s'éloigne dans la nuit, plus confuse que jamais. Elle qui croyait clarifier la situation en se déclarant… Elle ne sait plus quoi penser. Elle ne saurait même pas dire si le résultat de leur conversation a été positif ou négatif.

Elle a besoin d'y voir clair. Besoin d'en parler avec quelqu'un, quelqu'un qui comprendrait. Elle qui est normalement si secrète, voilà qu'elle menace d'exploser si elle ne se confie pas, si elle ne se décharge pas de tous ces secrets qui pèsent lourd sur son cœur.

Elle sort son téléphone et compose un texto.

« On se voit au MacFarlane's dans 10 minutes ? Je paie la bière. »

Elle l'envoie sans se donner le temps de réfléchir.

Dans l'atmosphère surchauffée du pub irlandais, elle aperçoit tout de suite Xavier, assis au bar devant deux grandes bières. Elle grimpe sur le tabouret à ses côtés et avale une très longue gorgée.

XAVIER : Tant que ça ?

MIA : Ouais.

XAVIER : Qu'est-ce qui se passe ? Pas de nouvelles pendant des semaines, et là…

MIA : T'es fâché ?

XAVIER : Un peu.

MIA : T'as accouru vite, pour un gars fâché.

XAVIER : Je me suis dit que pour que tu veuilles me parler, fallait qu'il se passe quelque chose de grave. Ma curiosité a été plus forte que mon orgueil.

MIA : Comment va Jimena ?

XAVIER : C'est d'elle dont tu veux me parler ?

MIA : Non. Je veux savoir comment elle va.

XAVIER : Va falloir que tu lui demandes.

MIA : Comment ça ?

XAVIER : Depuis les élections, elle est beaucoup trop occupée pour me voir. Et elle a commencé à se tenir avec Marc-Olivier et Henri, peux-tu croire ?

MIA : Non ! Jimena avec ces Cro-Magnons-là ?

XAVIER : Faut croire que tout ce temps-là, elle rêvait de se tenir avec les gars « populaires ».

Il fait un signe de guillemets ironique avec ses doigts.

MIA : Il y a une amie d'une de mes colocs qui soi-disant sort avec Marco.

XAVIER : Bravo pour elle.

MIA : Donc si tu ne te tiens plus avec Jimena depuis les élections, tu te tiens avec qui ?

XAVIER : Comme toi. Je me tiens tout seul.

MIA : Je suis vraiment désolée de t'avoir laissé tomber... Les choses étaient devenues tellement compliquées.

XAVIER : Je sais. Et pour être honnête, ce n'est pas ton abandon qui m'a fait le plus mal.

Mia ne dit rien pendant quelques instants. Elle se souvient que Guillaume lui a dit que Xavier et Jimena étaient amis depuis toujours. Il avait même laissé sous-entendre que Xavier était secrètement amoureux de Jimena. Mia comprend à quel point ça doit être difficile pour lui de se voir écarter de sa vie.

Xavier se secoue, comme pour chasser un mauvais rêve.

XAVIER : Alors, de quoi tu voulais me parler ?

MIA : De la confusion absolue et totale qui règne dans ma vie.

XAVIER : C'est Guillaume ?

MIA : T'es perspicace.

XAVIER : Pas dur à deviner. Qu'est-ce qui se passe ?

MIA : Il se passe que j'ai commencé à... avoir des sentiments pour lui. Je savais que lui ne pourrait jamais se déclarer en premier parce qu'il est prof, et mon employeur en plus. Je fais un mandat de recherche pour lui. Et je sais qu'il est super à cheval sur les principes.

XAVIER : Ha !

MIA : Je sais que tu ne me crois pas, mais c'est vrai. Et je le connais beaucoup mieux que toi.

XAVIER : Tu connais l'image qu'il veut te donner de lui-même. Alors, tu t'es déclarée. Et qu'est-ce qui s'est passé ?

MIA : Je ne sais pas, justement, ce qui s'est passé ! Il était super vague, il a dit qu'on ne pouvait pas, mais il a pris ma main, il m'a demandé d'être patiente, de lui faire confiance, puis il m'a demandé de partir et m'a dit qu'on se reverrait juste dans des lieux publics. Je ne sais plus quoi penser ! Je suis en train de devenir folle. Qu'est-ce que tu penses que ça veut dire, toi ?

Xavier prend une gorgée de bière en regardant Mia, semblant peser ses prochaines paroles.

XAVIER : C'est quand ton anniversaire ?

MIA (confuse) : Au mois de janvier, pourquoi ?

XAVIER : Parce qu'il attend tes dix-huit ans. D'ici là, il veut te garder intéressée et disponible, sans dépasser les limites. Il a fait la même chose avec Jimena.

MIA : Vraiment ?

XAVIER : Cherche sur Google « consentement », « position d'autorité » ou « relation de confiance ». Tant que tu es mineure, il n'a pas le droit de te toucher. Ça serait un crime.

MIA : Mais je serais consentante !

XAVIER : Ton consentement ne serait pas valide. Avec raison, je trouve.

MIA : Et le jour de mes dix-huit ans, comme par magie, mon consentement deviendra plus éclairé ?

XAVIER : Peut-être pas, mais la loi ne s'en mêlera plus. Ça sera juste ton erreur à toi. Ça me frustre que tu voies pas à quel point ce gars-là est manipulateur !

MIA : Tu ne comprends pas… Tu ne le connais pas. Avec moi, il est vulnérable, il…

XAVIER : « Avec moi, il est différent. » Comme si j'avais jamais entendu cette phrase-là…

MIA : De quoi tu parles ?

XAVIER : Mia, toutes les filles qui se font embobiner par des gars toxiques disent ça. Même les femmes battues.

MIA: N'exagère pas ! Guillaume n'est pas un batteur de femmes !

XAVIER : OK, oublie les femmes battues, mais pour le reste, crois-moi, tu devrais te tenir loin de lui.

MIA : Je te trouve de mauvaise foi. C'est pas plutôt à cause de Jimena, tout ça ?

XAVIER : Qu'est-ce que tu veux dire ?

MIA : Guillaume, Marco et Henri... Tu sembles haïr tous les gars dont elle est proche.

XAVIER : Tu ne sais pas de quoi tu parles.

MIA: Peut-être pas, mais je suis pas sûre non plus que tu saches de quoi tu parles au sujet de Guillaume. Écoute, Xavier, je n'ai pas envie de me disputer encore avec toi... Là, j'ai surtout besoin d'un ami.

Le visage buté, Xavier ne dit rien.

La soirée se termine dans une drôle d'atmosphère. Ils tentent tous les deux de changer de sujet, de parler de tout et de rien, mais Guillaume et Jimena continuent de créer une distance entre eux, comme deux éléphants dans la pièce.

Mia quitte son ami en se promettant de faire un effort pour rester en contact avec lui, mais elle est plus confuse que jamais.

#50

Béatrice pleure comme une Madeleine dans son lit quand elle entend un bruit de pas. Elle se redresse, surprise. Emma et Mia sont toutes les deux au cégep. Qui donc peut se promener dans l'appart ?

Elle ouvre la porte de sa chambre et voit Marie-Pier qui s'avance vers la salle à manger.

BÉATRICE : Marie-Pier ?

MARIE-PIER (s'arrêtant et mettant sa main sur sa poitrine) : Mon doux, Béatrice, tu as failli me faire faire une crise cardiaque. Je pensais que vous seriez au cégep toutes les trois ! Je suis désolée d'être entrée comme ça, je venais chercher une nappe dans la salle à manger… Mais qu'est-ce qui se passe avec toi ?

En effet, Béatrice s'est remise à sangloter. Marie-Pier s'avance et la prend dans ses bras. Elle lui caresse le dos, attendant patiemment qu'elle se calme. Quand, enfin, Béatrice a poussé ses derniers sanglots, Marie-Pier la guide vers le salon, où elles s'assoient toutes les deux.

MARIE-PIER : Tu me racontes ?

Béatrice déballe tout : sa crainte d'être enceinte, son espoir que ça ramènerait Sébastien près d'elle, et leur conversation désastreuse plus tôt ce jour-là. Marie-Pier soupire.

MARIE-PIER : *Oh boy…*

BÉATRICE (avec un léger sourire) : C'est tout ce que tu trouves à me dire ?

MARIE-PIER : Sébastien a raison sur un point : il faut que tu commences par faire un test. Il y a plusieurs raisons qui peuvent expliquer le retard de tes règles. Le stress de la rupture… Et, pardonne-moi si j'ai tort, ce n'est pas facile à voir sous les pulls en laine et les manteaux, mais tu n'as pas perdu beaucoup de poids, toi, depuis quelques semaines ?

BÉATRICE : Oui… Depuis que Sébastien m'a laissée, j'arrive plus à manger.

MARIE-PIER : Ce n'est pas bon pour ta santé. Et ça peut être assez pour dérégler ton cycle. Si tu m'attends ici, je vais sortir acheter un test de grossesse. (Se parlant à elle-même) Je vais peut-être en acheter quelques-uns. Avec trois filles de dix-sept ans qui habitent chez moi, je risque d'en avoir besoin en permanence.

BÉATRICE : Attends ! Qu'est-ce que je vais faire si… si c'est oui ? Sébastien a l'air de rien vouloir savoir !

MARIE-PIER : Attendons de voir le résultat avant de penser à ça. Si c'est oui, tu réfléchiras, tu consulteras, et tu prendras une décision éclairée.

BÉATRICE : Je ne peux pas croire que ça m'arrive. Pourquoi moi ?

MARIE-PIER : Béatrice… Ce n'est pas la fin du monde…

Elle soupire.

MARIE-PIER : Je devrais peut-être pas te dire ça, mais… je suis déjà passée par là.

BÉATRICE (relevant la tête) : Toi ? Tu t'es fait avorter ?

MARIE-PIER : Oui. Quand j'avais dix-neuf ans.

BÉATRICE : Est-ce qu'Emma est au courant ?

MARIE-PIER : Je ne pense pas.

BÉATRICE : Est-ce que je peux lui en parler ?

MARIE-PIER: Ça t'appartient. Si c'est nécessaire pour lui expliquer comment tu te sens, vas-y. Mais si c'est juste pour lui dire, j'aimerais mieux que tu me laisses lui en parler moi-même un jour.

BÉATRICE : Je comprends.

MARIE-PIER: Je sais que c'est un moment difficile. Mais quoi que tu décides, ta vie va continuer.

BÉATRICE : Tu penses ?

MARIE-PIER : On avait pas dit qu'on ne paniquait pas tant qu'on n'avait pas fait le test ? Reste ici, je reviens.

Pendant la brève absence de Marie-Pier, Béatrice est perdue dans ses pensées. Elle n'en revient pas d'avoir été assez naïve pour penser que Sébastien pourrait… qu'il pourrait changer d'idée et revenir.

Elle se déteste; elle se trouve faible et pathétique et ne se sent même pas la force d'affronter le résultat du test, quel qu'il soit. S'il est négatif, elle devra en aviser Sébastien et elle aura l'air complètement ridicule d'avoir créé ce drame pour rien; s'il est positif, elle devra prendre des décisions difficiles et douloureuses.

Marie-Pier entre en coup de vent dans l'appartement. Elle retire son foulard et son manteau. Elle ouvre rapidement le sac de papier, déballe l'emballage et tend un bâtonnet blanc et mauve à Béatrice.

MARIE-PIER : J'ai pris la version numérique. Pas besoin de scruter la petite fenêtre pour voir si on détecte une trace de croix rose. La réponse va être oui ou non. Tu enlèves le capuchon, tu urines sur le bâtonnet, tu remets le capuchon et tu reviens ici. À moins que tu préfères attendre seule dans la salle de bains ?

BÉATRICE : Non, non, je vais revenir ici. Je ne sais même pas si je vais être capable de regarder.

Elle s'avance comme un automate. Dans la salle de bains, elle décide de retirer complètement son pantalon, ayant peur de l'éclabousser en tentant de faire pipi sur le bâtonnet. Elle se rend compte que son pantalon tombe tout seul, sans qu'elle ait besoin d'en détacher les boutons, et elle se dit que Marie-Pier a raison : elle a vraiment perdu beaucoup de poids.

Elle retire le capuchon, se place à califourchon sur la cuvette, place le bâtonnet entre ses jambes et fait pipi. Elle s'éclabousse légèrement une main, qu'elle s'empresse de rincer sous l'eau du robinet, tout en tenant le bâtonnet bien droit. Elle replace le capuchon et se dirige vers le salon.

MARIE-PIER : On va attendre une minute.

La minute semble interminable à Béatrice. Marie-Pier a l'élégance de ne pas remplir le silence de paroles inutiles.

MARIE-PIER : OK. Tu veux regarder ?

BÉATRICE : Non.

MARIE-PIER : Quelle que soit la réponse, c'est toi qui devras vivre avec. Tu devrais regarder.

BÉATRICE (hochant la tête) : T'as raison.

Elle prend le bâtonnet et le retourne vers elle. Dans la petite ouverture, elle voit écrit le mot « NON ».

Elle pousse un soupir de soulagement si intense qu'elle s'écroule par terre. Marie-Pier se penche vers elle. Le corps de Béatrice est secoué par ce qui ressemble à des convulsions. Inquiète, Marie-Pier s'accroupit à ses côtés, pour réaliser qu'elle rit comme une forcenée.

MARIE-PIER : Béatrice ? Ça va ?

BÉATRICE (secouée par un éclat de rire) : Non mais, c'est trop drôle ! C'est la chose la plus drôle du monde ! Je pensais... Je pensais que j'étais enceinte de Sébastien ! Et je suis allée... Je suis allée lui demander s'il voulait élever le bébé avec moi ! Pouhahahahaha !

Marie-Pier comprend à peine ces paroles prononcées d'une voix essoufflée. Les rires de Béatrice se transforment en sanglots lorsqu'elle finit sa phrase. Marie-Pier la prend à nouveau dans ses bras.

MARIE-PIER : Je commence à m'inquiéter. Je pense que tu as vécu un choc. Tu sais que c'est jamais quelque chose que je ferais dans ton dos, mais j'aimerais appeler tes parents. Est-ce que ça te convient ?

Béatrice, secouée, perdue, presque naufragée, ne peut qu'accepter en hochant la tête. Ses parents. Peut-être qu'elle a besoin de ses parents. Peut-être que les brunchs de son père lui redonneront enfin de l'appétit. Peut-être que les soins de sa mère lui redonneront l'impression d'être en vie.

Marie-Pier sort son téléphone et clique sur le nom de Sophie, la mère de Béatrice, en prenant soin d'utiliser le haut-parleur.

Sophie répond, semblant inquiète.

SOPHIE : Allo ? Est-ce que tout va bien ?

MARIE-PIER : Il n'y a rien d'urgent, mais je m'inquiète pour Béatrice.

SOPHIE : Qu'est-ce qui se passe ?

MARIE-PIER : On est ensemble sur haut-parleur. Je trouve juste que Béatrice ne se remet pas vite.

SOPHIE : Veux-tu que je vienne te chercher, ma puce ?

BÉATRICE (avec une petite voix) : Oui... J'aimerais bien.

SOPHIE : J'arrive !

MARIE-PIER : Un instant... Elle peut bien manquer quelques jours, mais elle doit revenir finir sa session. Les examens approchent.

BÉATRICE (découragée) : Je pourrais recommencer ma session ?

MARIE-PIER : Il te reste deux semaines à faire ! Tu vas tellement le regretter si tu dois tout recommencer !

SOPHIE : Marie-Pier a raison. Si tu t'en sens capable.

BÉATRICE (en soupirant) : OK, je vais essayer...

SOPHIE: Merci pour ton appel, Marie-Pier. Je pense que c'était nécessaire. Chérie, je viens te chercher ce soir, OK? Tu pourras étudier tranquille à la maison. J'appellerai le secrétariat du cégep pour les prévenir que tu seras absente jusqu'à lundi.

BÉATRICE: À ce soir…

Une fois chez elle, Béatrice ne se sent pas instantanément mieux, mais au moins, elle est prise en charge. Comme si son état fragile n'était plus seulement son problème à elle. Sa mère est étrangement calme. Elle qui s'est toujours énervée pour des bêtises, maintenant qu'il se passe quelque chose de réellement grave, elle gère la situation avec une poigne de fer. C'est plutôt son père qui tourne en rond, semblant vouloir trouver une recette magique qui ramènera sa fille à la bonne humeur et à la santé.

MARTIN: Je t'ai préparé mon rosbif, ma chouette.

BÉATRICE: Merci, papa.

MARTIN: Ça va te redonner des couleurs, ça, tu vas voir!

Sophie entre dans la cuisine et prépare un pot de tisane aux fruits des champs, qu'elle sert avec des biscuits aux brisures de chocolat faits maison. Béatrice en mange un avec appétit. Les biscuits de sa mère sont toujours aussi moelleux et ils ont le goût de l'enfance.

MARTIN: Et demain, une fois que tu vas avoir fait la grasse matinée, je vais te faire mon omelette aux champignons. C'est pas la saison des champignons sauvages, mais on en trouve quand même des bons au supermarché et…

SOPHIE (l'interrompant): Chéri, j'aimerais qu'on parle sérieusement. Ma chouette, je suis inquiète.

BÉATRICE: Je sais…

SOPHIE: Et toi, tu te sens comment?

BÉATRICE: Comme si… j'en voyais pas le bout.

SOPHIE: Tu sais, c'est en partie normal. Quand on souffre, on n'arrive pas à voir le moment où on ne souffrira plus. C'est comme quand on a un gros rhume et qu'on ne se souvient pas comment on se sent quand on est en bonne santé.

BÉATRICE: Peut-être…

SOPHIE: Mais là, j'ai l'impression que c'est plus que ça. C'est bien beau, quelques jours de repos à la maison, mais je pense que tu as besoin de changer d'air. De retrouver qui tu es, loin de tous tes drames.

MARTIN: Tu penses à quoi? À un changement de cégep?

Béatrice est horrifiée. Elle s'empresse de réagir.

BÉATRICE: Non! Je veux rester avec mes amis!

Elle pense à Emma, à Noémie, à Thomas, même à Mia…

SOPHIE: Je suis d'accord. Il ne faut quand même pas trop la déraciner. Ses amis vont mieux pouvoir l'aider à se remettre que quiconque.

Ouf! Béatrice n'aurait pu imaginer pire scénario.

MARTIN: Tu penses à quoi, alors, quand tu parles de changer d'air?

SOPHIE : Aux vacances de Noël…

MARTIN : Tu voudrais qu'on l'emmène en voyage ? C'est difficile avec la ferme, mais on peut essayer de s'arranger…

SOPHIE : Non, ce n'est pas ce que j'avais en tête…

BÉATRICE : C'est quoi, alors ?

Elle n'est pas certaine d'aimer ce plan mystérieux de sa mère, qui semble nécessiter de grandes décisions. Sa vie a déjà été assez chamboulée comme ça.

SOPHIE : Tu ne devines pas ?

BÉATRICE (agacée) : Non. Sinon je te l'aurais déjà dit.

SOPHIE (avec un grand sourire) : Qui on connaît qui s'apprête à aller passer les fêtes de fin d'année à l'autre bout du monde ?

La lumière se fait dans la tête de Béatrice.

BÉATRICE : Emma !

Elle n'en revient pas de ne pas y avoir pensé plus tôt. Tout à coup, il n'y a rien au monde qui ne lui tente plus que de s'évader avec sa meilleure amie, au soleil, à l'autre bout du monde. Loin de tous ses problèmes.

Mais elle sait que c'est un voyage qui coûte extrêmement cher… Et que la famille d'Emma a plus de moyens que la sienne.

Son père reste silencieux un moment, avant de prendre la parole.

MARTIN : C'est sûr que c'est une bonne idée. C'est sûr.

SOPHIE : Bien sûr, il faudra voir si les parents d'Emma acceptent de t'accueillir. Mais je trouve que ça te ferait du bien. Si tu acceptes que le billet d'avion remplace tes cadeaux de Noël et ceux de ta grand-mère... Et peut-être même ton cadeau d'anniversaire de l'année prochaine.

BÉATRICE : Oui, oui, c'est sûr que oui ! Ça serait tellement cool, maman ! Et quand j'aurai un travail d'été plus payant qu'au camp, je vais te rembourser, c'est promis !

SOPHIE (en riant): On verra quand on sera là. D'ici là, je suis contente de te voir plus enthousiaste.

#51

Béatrice sort de son examen de maths rasséréné. Elle n'aura pas la note du siècle, c'est sûr, mais grâce à sa séance d'études intensive chez ses parents, elle croit s'en être tirée. Elle a su répondre à toutes les questions, au moins.

Elle se rend à la grande salle, légère. Il ne lui reste que son examen d'histoire avant le grand départ, et c'est la matière dans laquelle elle se sent le plus en confiance. M. Lapré est exigeant, mais ses exigences sont claires, et elle croit s'être bien préparée.

En arrivant près du Café Cactus, elle aperçoit Emma et s'empresse de la rejoindre.

BÉATRICE : J'en reviens pas, Emma, j'en reviens juste pas ! Nos parents ont dit oui !

EMMA : Tu sais pas la meilleure ? Ma mère vient de m'appeler. On va fêter Noël à Melbourne, dans leur maison, mais entre Noël et le jour de l'An, ma mère a un colloque en Nouvelle-Zélande. Elle nous invite à l'accompagner, et pendant sa conférence, nous on pourrait partir en sac à dos, découvrir le pays !

BÉATRICE : Trop cool ! On dirait un rêve.

MIA (se joignant à elles) : Qu'est-ce qui est un rêve ?

EMMA : Notre voyage ! Tu sais quoi, on va aller en Nouvelle-Zélande, en plus !

MIA : C'est plus un rêve que mon Noël à Québec, ça, c'est sûr.

BÉATRICE : Viens avec nous !

EMMA : Ha ! ha ! C'est une blague.

MIA: Ne t'inquiète pas. Il faudrait qu'il y ait beaucoup de merde dans ma vie avant que je m'incruste dans votre voyage.

BÉATRICE: Tiens, c'est Thomas! Je vais lui souhaiter des belles vacances.

Emma et Mia font des bruits de bisous dans son dos en riant. Béatrice les ignore et se dirige vers son ami. Elle s'approche de lui lorsqu'elle voit Sébastien et Florence qui arrivent à ses côtés. Elle sent un couteau lui transpercer le cœur. Elle ne s'habituera jamais, jamais à les voir ensemble. À le voir, lui, si insouciant, si heureux, si bien loin d'elle. Elle s'arrête comme si on l'avait giflée et repart retrouver ses colocs.

Elle a à peine fait quelques pas que Thomas lui touche l'épaule. Elle se retourne.

THOMAS: J'ai vu que tu venais.

BÉATRICE: Oui, mais...

THOMAS: Je sais.

BÉATRICE: Ça le dérange pas que tu me parles?

THOMAS (le visage fermé): Ce ne sont pas ses affaires.

BÉATRICE: Peut-être...

THOMAS: Tu pars demain?

BÉATRICE: Oui.

THOMAS: J'espère que tu vas faire un beau voyage...

BÉATRICE: Merci... J'en ai vraiment besoin.

THOMAS: Tu ne vas pas mieux?

BÉATRICE: Un peu... L'idée du voyage m'a mise vraiment de bonne humeur... Mais... c'est long.

THOMAS : En tout cas, je voulais te dire que… j'espère vraiment que tu vas aller mieux.

BÉATRICE : Moi aussi ! Je voulais te remercier, Thomas. T'as tellement été un bon ami. Je ne sais pas ce que j'aurais fait sans toi.

Il la serre dans ses bras. Longtemps.

#52

Mia n'en peut plus de vivre dans ce *no man's land* qu'est sa relation avec Guillaume. Il est professionnel avec elle, il la félicite pour son travail bien fait et il continue de la relancer dès qu'elle bâcle un peu ses recherches. Mais il a instauré une distance certaine entre eux, qu'elle ne semble pas pouvoir franchir. Elle se dit qu'après tout, Xavier doit avoir tort. Guillaume n'attend pas que le temps passe, il n'est tout simplement pas intéressé par elle. Elle a revu une photo de lui sur le fil Instagram de Cassandre Prud'homme et elle commence à penser qu'elle n'aucune chance avec lui.

Elle se dirige vers son bureau pour lui souhaiter de joyeuses fêtes. Dans son for intérieur, elle doit s'avouer qu'elle veut le revoir une dernière fois avant les vacances.

Pendant qu'elle marche dans le corridor, son téléphone sonne. C'est sa mère. Mia pousse un soupir, mais sait qu'elle doit répondre. Sinon, sa mère rappellera à répétition et risque d'interrompre sa conversation avec Guillaume.

MIA: Allo?

SA MÈRE: Ma chouette! Je suis vraiment contente de te parler! J'ai tellement hâte d'être aux fêtes, si tu savais! Tu arrives toujours demain?

MIA: Oui, mais...

SA MÈRE: On réveillonne chez ta grand-mère. Et j'ai acheté des cadeaux de ta part pour tout le monde.

MIA: Pas pour...

SA MÈRE : Oui, pour ton père ! De quoi ça aurait l'air devant la famille, si tu ne lui donnais pas de cadeau ?

MIA : Toujours à te soucier de ce dont ça a l'air…

SA MÈRE : J'ai prévu le plus beau cadeau pour ta grand-mère… Un portrait grandeur nature !

MIA : Un portait de qui ?

SA MÈRE : De notre famille, voyons ! D'abord, l'artiste prend une photo. Puis, il l'agrandit et ensuite il peint dessus. C'est super beau. Ma copine Nathalie a fait ça et…

MIA : Attends, maman, tu parles d'un portrait de… toi, moi et papa ?

SA MÈRE : Ben oui, nous trois ! Je pensais qu'on poserait dans le salon. Devant le piano. Ça va être super beau.

MIA : Il n'est pas question que je participe à ça !

SA MÈRE : Tu n'as pas le choix ! J'ai déjà prévenu ta grand-mère qu'elle aurait un cadeau ultra spécial, cette année. Elle a tellement hâte !

En parlant, Mia est arrivée devant le bureau de Guillaume. Elle voit un étudiant qui en sort et veut se dépêcher d'y entrer avant que quelqu'un d'autre n'arrive.

MIA : Maman, je dois y aller, OK ? Je dois parler à mon prof. Je te rappelle !

SA MÈRE : Mia ! Attends ! Je t'ai acheté une belle robe, là, pour le portrait…

Mia raccroche avant que sa mère ait terminé sa phrase.

Elle frappe discrètement sur le cadre de porte du bureau de Guillaume. Celui-ci lève la tête. S'il semble surpris de la voir, il n'en laisse rien paraître.

GUILLAUME : Bonjour, Mia. Que puis-je faire pour toi ?

De le voir si désinvolte alors qu'elle bouillonne en dedans depuis des jours, donne envie à Mia de mordre, de crier, de lui faire mal.

MIA : Ça avait l'air cool, au Leméac.

Guillaume met une seconde à comprendre.

GUILLAUME : T'es allée sur le fil Instagram de Cassandre ? Il me semblait que t'étais pas du genre réseaux sociaux.

MIA : Des fois, je suis curieuse. En tout cas, vous faites un beau couple.

Elle sait qu'elle va avoir mal, quoi qu'il dise. S'il nie, elle ne le croira pas. S'il ne dit rien, elle s'imaginera le pire. S'il confirme, son cœur éclatera en morceaux.

Guillaume soupire, l'air las.

GUILLAUME : C'est juste une amie.

MIA : Ha !

GUILLAUME : Quoi ?

MIA : Je le savais que je ne te croirais pas.

GUILLAUME : Mia... Tu avais promis d'être patiente. Et de me faire confiance.

MIA : J'ai été patiente longtemps.

GUILLAUME (avec un sourire en coin) : Pas tant que ça, non. Pas aussi longtemps que moi.

MIA : T'es patient depuis quand, toi ?

GUILLAUME : Depuis que je te connais.

À ce moment, ils sont interrompus par une étudiante qui frappe à la porte. Guillaume se ressaisit.

GUILLAUME : Ah, Maïté ! Entre. J'avais terminé avec Mia. Au revoir, Mia, et joyeuses fêtes !

C'est tout ? C'est ainsi qu'il lui dit adieu, avant trois semaines de séparation ? Comme si elle n'était rien ? Comme s'il ne lui envoyait pas des messages contradictoires depuis des mois ?

Et comment peut-elle être sûre qu'il ne sert pas le même boniment à cette Maïté, ou à n'importe quelle autre de ses étudiantes ? Ou à Cassandre, ou aux dizaines de femmes qu'il doit connaître ?

Mia s'éloigne, se sentant étourdie, submergée d'émotions. Elle ne s'est jamais sentie aussi sûre de rien. Les pensées fusent à toute vitesse dans sa tête, et elle n'a envie de réfléchir à aucune d'entre elles. Est-ce que Guillaume se fout d'elle ? Est-ce que… Elle ne peut pas s'imaginer devoir vivre trois semaines avec ce tourbillon de questions dans la tête.

Son téléphone vibre pour souligner l'entrée d'une photo : celle d'une robe scintillante affreuse, sous laquelle sa mère a écrit : « C'est ta robe pour le portrait de famille ! Elle est belle, hein ? xxxxxxxx Maman ».

Mia a envie de vomir.

#53

Béatrice se penche et farfouille dans son sac.

BÉATRICE : Ah zut ! J'ai apporté ma bouteille d'eau.

EMMA : Ta super belle bouteille avec les palmiers ? Qu'est-ce que ça fait ?

BÉATRICE : Je l'ai remplie avant de partir.

EMMA : Ah. Tu ne pourras pas passer la sécurité avec.

Béatrice boit une grande gorgée d'eau.

BÉATRICE : Je sais. Tu en veux ?

EMMA: Non, merci. Tiens, regarde, là-bas, il y a une poubelle pour déverser les liquides avant de faire la file.

BÉATRICE : OK. *My god,* il y a du monde ! On ne sera pas en retard pour notre vol en tout cas, ça, c'est sûr.

EMMA (en riant): Tes parents sont vraiment intenses ! (Imitant la voix de la mère de Béatrice) Trois heures d'avance, c'est la norme pour les vols internationaux !

BÉATRICE : Je pense que ma mère n'a pas pris un vol international depuis vingt ans. Pas depuis qu'elle s'est mariée avec mon père, en tout cas. Elle a dû lire ça sur internet.

EMMA : Moi, ça fait mon affaire. On aura plus de temps pour s'acheter des magazines et discuter.

BÉATRICE : Oui ! J'en reviens pas qu'on soit enfin ici !

Elle termine de vider sa bouteille d'eau et sourit à son amie.

BÉATRICE : On y va ?

À ce moment, elles entendent une voix derrière elles : « Les filles, attendez-moi ! »

Elles se retournent.

C'est Mia, qui arrive en courant, munie d'un sac à dos.

EMMA : Qu'est-ce que tu fais là ?

MIA : Je n'en peux plus. Je fous le camp avec vous.

À suivre…

Merci à …

Mon éditrice, Katherine Mossalim, pour le thé à la menthe demi-sucré du Petit Byblos et les heures de discussions sur mes colocs.

La grande famille des Malins, avec qui c'est un plaisir et un privilège de travailler.

Mes lectrices, que j'adore rencontrer, tant dans les salons du livre que dans les arénas pendant une partie de hockey. Vous êtes superbes, les filles, vous m'inspirez !

Ma famille et mes amis, qui sont ce qu'il y a de plus beau dans la vie.

Lexique

Aréna – Centre sportif.

Bines – Haricots au lard, fèves au lard. | **Avoir les yeux dans la graisse de bines** – Être dans la lune.

Blonde – Petite amie, amoureuse.

Cégep – Au Québec, on fréquente l'école primaire pendant sept ans, de 5 à 12 ans (une année de maternelle suivie des autres années). Ensuite, on passe à l'école secondaire pendant 5 ans (de la première à la cinquième). Une fois le diplôme d'études secondaires en poche, on poursuit avec deux années au cégep (collège d'enseignement général et professionnel) afin d'obtenir le diplôme d'études collégiales qui permettra à ceux qui le désirent d'entrer à l'université.

Chill – Cool, relax.

Chum – Petit ami, amoureux, copain.

Frencher – Rouler un patin, embrasser (avec la langue).

Gang – Bande.

Grilled cheese – Sandwich chaud composé de pain, de beurre et de fromage fondu.

Party – Fête.

Rebound – Relation temporaire post-rupture.

Sweet – Sucré, doux; mignon.

Triper (sur) – Aimer, être attiré.

MÉTAMORPHOSE

La série qui vous entraîne dans un univers fantastique et mystérieux…

Lorsque l'orage gronde, elles ne sont pas loin.
Elles voient tout. Elles entendent tout.
Elles sont cachées derrière les nuages.
Parfois, il est possible de capter leurs messages.
Et vous, entendez-vous leurs murmures lors des vents d'orage ?

À 16 ans, Isis évolue dans une société contrôlée. Étudiante à l'école de Sauvetage, elle rêve de sauver des vies, mais aussi d'une société plus ouverte, plus créative. Sa curiosité ne fait toutefois pas l'affaire des dirigeants, qui la voient comme un élément dangereux pour le maintien de l'ordre établi.

FANNY CLOUTIER

LE **JOURNAL INTIME** D'UNE ADO QUI DÉCOUVRE LA VÉRITÉ SUR UN **DRAME FAMILIAL** ENFOUI SOUS UNE ÉPAISSE COUCHE DE MENSONGES !